멀쩡히 서 있지만
흔들리고 있습니다

권범석

그 믐

김민주

김승우

김지혜

윤현아

차례

권 범 석

군 생활의 글 650일 / 새로운 도전 / 훈련소의 첫날 / 초대하지 않은 손님 / 길 잃은 꼬마 / 현장에 남은 것 / 노력과 기적 / 산다는 것 / 소방관으로 일한다는 것 / 행복한 가출

학교 생활의 글 교실 / 꼭 착한 아이일 필요는 없단다 / 당신은 어떤 색을 좋아하나요 / 행복이란 꼭 그런 게 아니더라 / 책에는 인생이 있기 때문이지 / 가끔은 우리 그냥 춤 춰요 / 어떤 선생님이 되어야 할까요 / 일해 보니 이렇더구나

위로의 글 쉼 / 고민은 제멋대로 없어집니다 / 오늘도 어떤 시작을 했을 당신에게 / 시간이 지나고 나서야 / 내게 필요했던 것 / 편안함과 외로움의 한 끗 차이 / 우리가 친한 이유 / 파도에 몸을 맡기고 / 이제는 뒤에 서도 돼요

그 믐

어느날 문득 내가 지쳤다는 걸 발견했다 거북목을 한 채로 / 모르겠다 / 불안하다 / 나를 보는 횟수 / 내게 하지 않은 말

그냥 한없이 쉬고 싶을 때가 있다 날로 먹고 싶다 / 코인 노래방에서 / 울고 싶을 때가 있다 / 졸려서 화가 나 / 아, 진짜 짜증나 / 아. 지랄을 해야 하는구나

어쩌면 간신히 버티고 있었는지도 모른다 입버릇 / 외면하고 싶은 현실 / 그렇게 하루가 지나간다 / 아이스 아메리카노를 주문하기까지 걸린 시간 일 년

그래도 삶을 지탱할 수 있는 이유는 내 곁에 있었다 당신은 괜찮나요 / 사랑스러운 꽃이 있습니다 / 나만 바라봐 주는 너란 존재 / 아무런 근심도 걱정도 없이 편안함을 느낄 수 있다면 / 여름이 지고 가을이 올 즈음

김 민 주

힘내라, 김대리 김대리, 오늘도 쉴 틈 없는 하루를 보냈군요 / 비의 의미 / 일하는 일 / 대기업은 과연 다를까 / 큐알코드 / 라일락

김대리의 고민 오늘 하루는 포스트잇처럼 살았나요? / 친구라는 새로운 정의 / 소중함이 없는 줄 알았다 / 그게 당연한 거야 / 그리움이라는 여름밤 / 봄 사랑 벚꽃 말고

김대리의 독립 어렸었지, 뭘 몰랐었지, 그땐 그랬지 / 독립하고 나서야 알게 된 것 / 내 방을 여행하는 법 / 나의 일탈 / 어른들의 보조제 / 진심일 때 진실이 보인다 / 왜 꼭 깔끔해야 하나? / 지나친 계획 그리고 강박 / 코로나 캠핑 / 계곡보다 바다 / 생일을 축하해 줘

김 승 우

사랑하는 사람에게 보내다 아빠의 밤 / 밥벌이의 무게 / 엄마는 오늘도 묻는다, "밥 먹었어?" / 별명은 엄마바라기 / 결혼 후 첫 이사 후 / 신과의 협상 / 언제 불러도 정겨운 두 글자 '엄마', 2행시 / 이제서야 건네는 고마워 / 큰딸의 잔소리 / 할머니의 흔적 / 이 세상 유일한 존재 / 과연 널 잊을 수 있을까 / 봄 다시 봄

사랑하는 일상을 보내다 흘러가는 인연 / 관계의 신호등(feat. 선 지킴의 중요성) / 친하다는 것 / 술만큼 술술 풀리지 않는 인생 / 기다리는 사람은 시간을 초대한다 / 파와 도 사이, 파도 사이 / 우산과 사랑 / 뫼비우스의 띠(feat. 집안일) / 코로나가 아니더라도 거리 두기 / 당연한 것은 당연한 것이 아니다 / 겸손할 수밖에 없는 인생 / 살기 위한 정리

김지혜

삶 너무 애쓰는 우리에게 / 경주마는 오래 살지 못한다 / 내게 가치 있는 존재 / 무지개 색은 '빨주노초파남보'가 한계다 / 지금 파도가 치고 있는 순간인가요? / 있는 그대로 보는 습관 / 미쳐 본 적 있나요?

만남 만남이 기껍다 / 애처로운 너를 안는다 / 사랑이 가치관을 이길 때

그리움 책상 아래 오래전 편지 / 처음이자 마지막 술잔 / 네게 받은 마지막 배려

이별 별이 쏟아지다 / 가까운 사람이기에 줄 수 있다 / 이별할 준비

외로움 빛이 사라지는 시간 / 마음이 쓸쓸할 때 생기는 일

무제 모난 돌이 둥그러질 때까지 / 그냥 너이기에 가능한 것들 / 내게 건넨 메시지 / 끝을 준비하는 사랑

윤현아

서른 살의 고찰 스물아홉 살 마지막 날 밤 / 아쉬운 관계 / 그녀가 독립적인 이유 / 사랑의 조건 / 내 나름의 사회생활 철칙 하나 / 퇴사를 앞두고 있다 / 잘 쉬어야 한다 / 위로가 필요한 순간

어느 그저 그런 하루 밤의 낭만 / 가끔 그런 날이 있다 / 조금 오래전에 / 제주도 밤바다 / 연극의 막이 올랐을 때 / 오래된 낡은 옷

오랜 연인 익숙함이 좋은 이유 / 당연한 거 아니야 / 그의 빈 자리 / 이별의 공식

권 범 석

작가 소개

초등 교사로 부임한 지 약 2년이 되어 가는 새내기 교사.

아직 서툴고 부족하지만, 하나씩 완성하고 있습니다.

일상 속 제 이야기로 따뜻함을 전해 드리고 싶습니다.

INSTAGRAM @fressher

BRUNCH @새내기권선생

650일

의무 소방 복무 기간에 관한 기억. 그리고 그 속에 살아 숨 쉬었던 소방관, 나, 그리고 우리의 삶에 대한 깊은 생각을 담은 기록입니다. 소방관들과 함께 일할 수 있다면 즐거우리라 생각했지만, 큰 오산이었습니다. 과정은 순탄치 않았으니까요. 현장에서 마주친 상황은 대부분 가슴 아픈 일이었습니다. 여러 번 출동하고, 보조하며 소방관들의 삶과 내 삶에 대해 생각해 볼 수 있었습니다. 이번 장에서는 길다면 길고 짧다면 짧았던, 소방에서의 650일을 기록했습니다.

새로운 도전

"형님, 그동안 고생 많았어요. 다른 지역에서 군 생활하고…. 이번에 발령받은 학교는 좀 어때요?"

"적응하는 중이야. 에이~ 너야말로 임용 시험 준비한다고 고생 많았다."

"에이, 아니에요. 아! 의무 소방 다녀왔다고 들었어요. 생활은 좀 어땠어요?"

"음…. 현장 출동해서 보조하고, 여러 일들 했어."

"아 직접 출동도 하는 거예요?"

"당연하지~. 소방서마다 다르겠지만 나는 화재, 구조, 구급 현장에 전부 갔어. 우리의 역할은 불을 끄는 것처럼 어떤 직접적인 조치를 한다기보다는 주로 보조하는 역할이야."

"아 그런 거구나. 현장이라는 게 사고가 난 곳에 간다는 거죠? 불이 나고, 교통사고 나고, 그런 아주 긴박한 곳이요."

"응. 어제는 괜찮았는데, 하루아침에 잿더미로 바뀌어 버린 곳. 사람들이 울부짖으며 소리치기도 하는 곳. 그리고 반대로 들려야 할 소리가 없을 수도 있는 그런 곳."

꼬마가 영웅을 보듯, 수많은 질문을 쏟아부었다. '의무 경찰'은 들어 봤어도 '의무 소방'이라니 참 신기하게 느껴졌다.

"혹시 그럼 의무 소방 복무를 후회했던 적은 없었어요?"

"어떻게 없을 수가 있겠어. 하지만 의무 소방 다녀온 걸 정말 만족하고 있어. 오히려 자랑스럽다. 그리고 난 다시 돌아가 입대를 하더라도 같은 선택을 할 거야. 소방. 얼마나 뿌듯하고 멋진 일이야? 그리고 기회야. 반평생 학교에 있을 우리가, 전혀 새로운 조직에 들어가고 함께 있을 수 있다는 게 흥미롭지 않아?"

평소에 뉴스나 기사에서만 봤던 소방 조직에 나도 들어갈 수 있다고 생각하니 괜히 가슴이 떨렸다. 멋지다고만 생각했던 그들이 있는 곳에서 내가 무언가 할 수 있다는 건 날 설레게 했다.

다만 망설였던 건, 내가 그분들께 혹시 누가 되지 않을까 하는 생각 때문이었다. 그래서 설령 떨어지더라도, 필요로 했던 사람이 내가 아니었다고 겸허히 받아들이기로 했다.

훈련소의 첫날

"다녀올게요!"

시큰둥한 말투로 인사하고, 발걸음을 내민다.

"그래~."

그리고 무심해 보이는 가족들.

"부모님을 향해 경례!"

"충성!

티비에서 봤던 대로 어설프게 거수경례를 따라해 본다. 직접 앞에 서니 여러 친지, 가족 분들의 표정이 더 잘 보인다. 뿌듯한 미소를 보내는 사람, 눈물을 훔치는 사람. 이름을 크게 부르는 사람, 서럽게 우는 사람. 우리 부모님은 어디에 있을까 찾아본다. 하지만 사람이 많아 잘 보이지 않는다. 혹시 벌써 가 버린 건 아니겠지. 제대로 인사도 못 한 것 같은데. 하지만 한참을 찾아도 보이지 않는다.

"전체 뒤로 돌아!"

"앞으로 가!"

이제 진짜 가야 할 시간. 그런데 어디서 익숙한 목소리가 들린다. "아들, 아들!" 떨리는 목소리를 듣고 혹시나 했는데, 맞다. 엄마다. 엄마가 빨개진 코와 글썽이는 눈으로 날 쳐다보고 있다. "잘 다녀와. 몸조심하고!" 뭔가 복받치는 마음에 쉽게 대답이 나오지 않는다. 그래도 웃으며 대답해 본다. "응, 다녀올게요. 조심히 들어가요." 인사를 건네고 씩씩한 척 걸어 본다. 얼마나 걸었을까. 티비에서만 봤던 교육대 건물이 점점 보인다.

창문 하나와 마주 선 긴 노란 마루 두 개. 관물대 앞 깔끔히 쌓여 있는 보급품들. 차곡차곡 잘 정리되어 있는 훈련용 총들. 정해진 속도로 째깍이는 시계까지.

무질서하게 흩어진 채 우리는 각자 자리를 찾아 헤맸다. 복잡한 마음을 띤 표정들이 보인다. 우린 아무 말 없었지만, 보이지 않는 긴장감이 흘렀다. 마치 방금 무인도에 떨어진 사람들처럼.

얼마나 시간이 흘렀을까. 어디선가 들리는 나팔 소리. 도대체 무슨 일일까 이런 이른 새벽에. 그런데 잠깐, 이 낯선 곳은 어디지. 아 참, 난 훈련소에 왔구나. 나팔 소리, 이제는 익숙해져야 하는 소리구나. 그럼 며칠을 이렇게 생활하는 거지. 22개월. 약 2년의 시간을 이렇게 보내야 하네. 알 수 없는 답답함이 목을 조여오는 듯하다.

나의 지나간 가장 보통의 순간들이 떠오른다. 아무렇지 않았던 아주 평범했던 순간들. 예컨대 주말에 침대서 늦잠을 잤던 순간. 그리고 엄마가 밥을 먹으라며 깨워 줬던 순간. 아롱이가 방문을 긁고 들어와, 내 볼을 핥아 준 순간까지. 그리고 이 일상들이 소중했음을 사무치게 깨닫는다.

초대하지 않은 손님

6월 말~9월 초까지 쉴 틈 없이 울리는 출동이 있다. 바로 벌집 제거 출동. 오늘 하루만 해도 벌써 9번째 출동을 다녀왔다. 소방서에서 불 끄고, 응급 환자만 처치하는 줄 알았지, 누가 지붕이랑 나무에 올라가 벌집까지 뜯어낼 줄 알았겠는가. 지금껏 출동해서 만난 벌들만 해도 쌍살벌, 말벌, 꿀벌, 장수말벌까지 참 다양했다.

이번 출동은 꿀벌 집 제거 출동이었다. 신고자 분께서는 펜션을 운영하는데, 지붕에 벌집이 생겨 위협을 느낀다고 하셨다. 손님들이 올 때, 불편을 호소해서 걱정이 이만저만이 아니라고 하셨다. 우리는 묵묵히 장비를 꺼내 들기 시작한다. 평소처럼 벌복을 착용하고, 비닐, 토치 등 장비를 드린다. 그리고 사다리를 지지한다.

지붕으로 올라가자 낌새를 챘는지 벌들의 비행 속도가 달라지고, 소음 또한 심해진다. 벌집을 향해 손을 뻗자 벌들이 특수재질 벌복에 공격을 시도한다. 어떤 벌은 침을 쏘고 그 자리에서 빙빙

돌다 픽 쓰러진다. 벌들이 너무 많아 살충약을 쓰기로 한다. 약을 뿌리자마자 여러 벌들이 후드득 떨어지고 만다. 벌집을 제거하고 비닐봉지에 넣자 벌들이 갇히고 만다. 마지막으로 벌들이 있던 자리에 다시 한번 살충약을 뿌려 준다.

그리고 좀 더 깊은 산속으로 들어가 비닐 속 벌집을 발로 밟아 뭉갠다. 다시는 벌집을 짓지 못하도록. 여러 마리의 벌들이 오래도록 만든 집이 한순간에 산산이 조각나고 만다. 신고자 분께 말씀을 드리러 간다. "이제 나오셔도 됩니다." "아이고. 고생 많으셨습니다. 이 물 좀 잡수와요." 우리는 죽은 벌들과 살충약이 흩뿌려져 있는 자리에서 간단한 이야기를 나눈다. 하지만 무언가 뿌듯해야 하는데, 크게 그런 마음이 들지도 않는다. 답답한 마음에 물을 벌컥벌컥 마셔 본다.

우리는 임무를 끝내고, 발걸음을 옮긴다. 반장님이 내게 말을 건다.

"꿀벌은 벌 중에서 유순한 편이라, 웬만해서는 인간을 잘 공격하지 않는대."

"아 꿀벌이요?"

"응. 그런데도 정말 위급한 상황일 때는 공격하는 거래. 한 번

쏘면 죽는 걸 알면서도.”

“그럼 우리가 벌집 쪽으로 올라갈 때요?”

“응. 제일 안전해서 지은 자리에 누가 갑자기 찾아왔으니까. 우리 집을 누가 갑자기 가져가서 없앤다고 생각해 봐.”

“…”

“그래도 우리의 목표는 사람의 안전이니까. 사람의 안전을 책임져야 하니까. 어쩔 수가 없지.”

길 잃은 꼬마

아주 오랜만의 외출이다. 오랜만에 깔끔한 옷을 입고 반짝이는 목걸이를 매었다. 오늘은 어디로 갈까. 그토록 가고 싶어 했던 산일까? 아니면 바다? 새 옷을 보니 친구들이 있는 곳으로 가는 걸까? 차를 타고 두 시간쯤 지난 것 같다. 오늘따라 유난히 말 없는 가족들을 보니 어디로 가는지 더 궁금해진다.

드디어 내렸다! 처음 보는 장소라 괜히 떨린다. 그리고 내게 익숙한 장난감을 쥐여 주며 잠시 기다리라고 한다. 급한 일이 생겼나보다. 그들은 차를 타고 어디론가 간다. 괜찮아, 기다리지 뭐! 몇 분쯤 지났을까? 배가 고프기 시작한다. 그래, 가까운 가게에 들어가자. 그런데 가게 사장님이 매서운 눈빛을 보낸다. 괜히 시무룩해져서 가게를 나온다. 그래 조금만 기다리면 곧 올 테니까. 조금 피곤해진다. 쭈그려 앉아 기다려 봐야겠다.

저기에 온다! 너무 기쁜 마음에 폴짝폴짝 뛰어 그들에게 간다. 아 그런데 기다리던 얼굴이 아니다. 주황색 옷을 입은 사람들이 불쑥 나에게 말을 걸더니 내 옷을 확인하고, 목걸이를 확인한다. 그리고 안쓰러운 표정으로 나를 바라본다. 나보고 어디론가 가자고 한다. 싫다고 했다. 여기 있어야 한다고. 기다려야 한다고 말했다. 그래도 가야 한단다. 결국 알 수 없는 곳으로 끌려간다.

"엄마, 아빠는 언제 오나요?" 대답이 없다. 그저 내게 난로와 먹을 걸 가져다 줄 뿐이다. 걱정된다. 여기에 있으면 나를 못 찾을 게 분명하다. 그 자리에 있어야 하는데, 후회된다. 그러다 어떤 트럭 한 대가 온다. 아저씨가 내리더니 친구들이 있는 곳으로 가자고 한다. 싫다고, 기다리고 있는 가족이 있다고 했다. 그래도 가야 한단다. 그렇게 또 새로운 곳으로 가게 되었다.

—

하루는 그렇게 떠나는 꼬마를 보며 궁금해서, 동네 아주머니께 여쭈어 보았다. "아주머님, 여기는 떠돌이 개가 왜 이렇게 많아요?" "아휴~ 말도 마라. 저 먼 데서 차 타고 와 가지고 냅두고 가버린다니까. 심지어는 내가 몇 번 봤다." "아 진짜요?" "참말이고 말고. 버려진 개들이 먹을 게 없어가지고 농작물 묵고, 또 돌아다니다가 차에 치이기도 하고 그래. 어쩔 때는 새끼 낳고 살기도 하드라."

꽤 많았던 개 구조 출동의 배후를 나는 그제야 알게 되었다. 배후에는 동물의 귀여움만을 사려는 이기적인 마음과, 무책임하게 버려 버리는 잔인한 마음이 있었음을 알게 되었다. 결국, 애먼 동물들만이 고통을 오롯이 감수하게 되었다.

현장에 남은 것

"불났어요! 빨리 와 주세요! 빨리요!"

대형 화재 출동은 신고자의 긴급한 목소리로 시작될 때가 많다. 본부는 우리 소방서의 대부분 차를 출동대에 포함시켰다. 펌프차, 물탱크차, 구급차, 사다리차, 구조차, 지휘차, 조사차까지. 우리는 모든 일을 멈추고 얼른 차에 탑승하고, 현장으로 향했다.

지점에 도착하기 몇 미터 전부터 심상치 않음을 느꼈다. 아주 작은 검은 재들이 차 유리창을 건들기 시작했다. 멀리서도 빨간 불이 활활 타오르는 게 보이고, 검은 연기가 자욱해져 하늘을 뒤덮었다. 각자의 안전 장구를 한 번 더 확인하고, 비장한 마음으로 도착을 기다렸다.

대형 화재의 현장은 그야말로 아수라장이었다. 영화 같은 서사는 전혀 없었다. 차에서 내리자마자 숨이 턱 하고 막혔다. 화재 전용 마스크를 쓰고 있었지만, 쾌쾌한 냄새가 마스크 사이를 비집고 들어왔다. 그리고 상당히 뜨거운 열기가 피부에 바로 느껴졌다. 불이 난 지점에서 꽤 떨어져 있었지만 여기까지 전달되었다.

"아이고 내가 죽을 때가 다 되었지. 다 되었어!"

집주인 할머니께서는 큰 목소리로 울부짖고 계셨다. 다리에 힘이 풀린 탓에 앉아 계실 수밖에 없었다. 옆에 이웃들은 같이 눈물을 훔치고, 할머니를 안아 주기도 했다.

불을 끄는 모습은 전쟁을 연상케 했다. 사방으로 뛰어다니는 소방관들. 무전기를 들고 본부와 연락하는 소방관들. 또 불을 끄기 위해 여러 개를 이어 놓은 호스들은 몇 개인지 셀 수 없었다. 화재 진압은 밤까지 이어졌고 물탱크의 물로만은 부족했다. 개인 산소통의 산소가 전부 소진되어 교체해야 했고, 탈수로 인해 힘들어하는 모습도 보였다.

연기는 계속 났지만, 다행히 불씨는 조금씩 줄어들기 시작했다. 반장님들은 위험 지점에 물을 충분히 뿌려 주었고, 다행히도 약 5시간 만에 완전히 진화할 수 있었다. 이후에는 다들 장비를 벗고 자리에 앉아 말없이 물만 마실 뿐이었다.

숨을 돌리고 원인 조사를 위해 다시 현장으로 들어가기로 했다. 랜턴을 켜고 이곳저곳을 비추어 보았다. 하지만 어디를 비추든 간에 전부 검은색 투성이었다. 어쩌다 가끔 사진 같은 게 보였다. 환하게 웃고 있는 가족들의 사진 일부가 태워져 있었다.

"한번 라이터나 성냥 같이 생긴 것 좀 찾아볼래?"

장갑을 끼고 이리저리 뒤집어 봤다. 또 뒤집어 봤다. 하지만 아무리 뒤져도 찾을 수 없었다. 전부 까만색으로 뒤덮여 있고, 도저히 형체를 알아볼 수가 없었기 때문에. 그래서 원인은 단지 추정만 할 수 있을 뿐이었다. 원인마저도 전부 타 없어졌기 때문에. 결국, 현장에 남은 건 재뿐이었다.

노력과 기적

훈련을 마치고 우리는 갓 지은 밥을 떴다. 잘 익은 쌀알에서 김이 모락모락 올라오는 게, 마치 숨 쉬는 것처럼 느껴진다. 잘 지어진 밥을 보니 괜히 뿌듯하다.

"구급 출동, 심정지 환자 발생."

쏜살처럼 뛰쳐나간다. 빨리 구급차에 탑승하고 목적지로 향한다. 현장 도착 시 해야 할 일들을 되뇌어 본다. AED, CPR…. 또 뭐가 있을까. 거울로 비친 반장님들의 얼굴을 살짝 본다. 다들 굳은 표정이 역력해 보인다. 그래도 우리의 목적은 하나다. 환자를 응급 처치하고 병원에 무사히 이송하는 것.

한 분은 울고 있고, 다른 한 분은 다급하게 우리에게 손짓을 보낸다. AED를 들고 쓰러져 있는 환자에게 다가간다. 반장님은 심폐 소생술을 시작하고, 나는 AED를 켠다. "들것!" 구급차로 달려간다. 구급차 뒷문을 연다. 노란 이동형 들것을 들고 뛰어간다.

그리고 환자를 들것에 실은 채, 구급차 안으로 데려간다. 그 순간에도 심폐 소생을 잊어서는 안 된다. 찰나의 압박이 환자를 살릴 수도 있기에.

병원에 재빨리 전화를 건다. "119 구급대입니다. 심정지 환자 이송하겠습니다." 전화를 끊고, 박자에 맞추어 숫자를 세어 준다. "하나, 둘, 셋." 너무 빨라서는 안 된다. 그렇다고 느려서도 안 된다. 0.5초에서 0.6초에 한 번 압박할 수 있게. 1분에 100회 압박할 수 있게. 달리는 차 안은 계속 좌우로 흔들린다. 양다리로 중심을 잡고, 정확한 지점에 일정한 속도로 압박을 가해 본다.

교대한다. "하나, 둘." 찰나의 멈춤도 허용할 수 없기에 박자를 세어 주며 교대한다. 소방 학교와 소방서에서 배웠던 대로 CPR을 해 본다. AED 전기 충격을 가하기 전까지 압박해야 한다. 달리고 있는 구급차가 교통 정체로 잠시 정차한다. 다시 균형을 맞추어 본다. 몇 분쯤 지났을까. 200~300회 정도 압박을 했을까. 완전히 정차한다.

환자가 탄 접이식 들 것을 쥐고, 얼른 응급실로 향한다. 물론 향하는 와중에도 압박을 잊어서는 안 된다. "심정지 환자입니다!" 큰소리로 병원에 알리고, 문을 연다. 응급실에는 간호사들과 의사

한 분이 굳은 표정으로 기다리고 있다. “하나, 둘.” 박자에 맞추어 환자를 침상으로 옮긴다. “하나, 둘.” 의사 선생님께서 압박을 다시 시작한다. 다시 숨을 쉬게 하기 위해서.

소방서로 돌아가는 중이지만 우리는 말이 없다. 병원으로 무사히 이송했지만, 마음이 편치 않다. 최선을 다했지만 어떻게 될지는 모르기 때문이다. 소방서에 도착해 다시 한번 밥을 떠 본다. 따뜻했던 밥이 차갑게 식어 있다.

“괜찮으실까요?”

“글쎄 잘 모르겠네.”

반장님이 머뭇거리다 말을 꺼낸다.

“음 사실 예후가 좋을 때가 많지 않아. 심정지 골든 타임은 약 4분이거든. 그 이내에 처치가 있어야 생존 가능성이 커.”

“이미 우리가 도착했을 때는 늦었다는 이야기군요.”

“…그래도 우리의 노력이 기적을 만들기도 해.”

산다는 것

어김없이 출동 벨이 울려 왔다. "구조 출동. 실종 신고. 의미심장한 문자를 받았다고 함." 여러 번의 수색을 경험했지만, 해질녘의 출동은 더욱 긴장된다. 내가 생각하는 '혹시'가 '진짜'가 되어 버리진 않을까 하는 걱정 때문에. "다행입니다."로 마무리되어야 하는데, 혹여나 입 밖으로 말을 꺼내지 못한 채 출동이 끝나 버리는 건 아닐까 하고 말이다. 그리고 나는 정말이지, 그 말을 미처 꺼내지 못했다.

액셀을 밟는 부장님. 본부와 무전하는 팀장님. 신고자와 통화하는 주임님. 신고 장소에 도착할 때쯤 오는 새로운 무전. "기존 장소와 다른 장소인 A 아파트에서 사람이 떨어진 것 같다는 신고가 접수됨." 더 긴박해진 우리들. 도착하자마자 구급대원들이 장비를 챙겨 달리는 게 보인다. 사람이 보인다. 얼른 CRP을 시작한다. "하나! 둘!"

"위로 올라가 보자." 랜턴을 비추어 사고 현장으로 추정되는 곳을 확인해 본다. 말문이 턱 막혀 버리고 만다. 어떤 말도 할 수 없었다. 처음으로 보는 현장. 덩그러니 있는 외짝 의자와 두 짝의 신발. 그리고 바로 앞의 담벼락과 절벽. 몇 분 전까지만 해도 이곳에 서 있으셨던 걸까. 직접 의자를 가져오고, 두고, 올라가고 하신 걸까. 신발을 벗은 채.

걱정 가득한 표정으로 남편 분이 말을 건넸다.

"혹시… 어떻게 되었나요?"
"…경과를 좀 더 지켜봐야 할 것 같습니다."

대답이 뜸했던 팀장님을 보고 남편 분은 한이 맺힌 것처럼 눈물을 왈칵 쏟아 내신다. 옆에 있는 지인은 그 자리에 주저앉고 만다. "아이고 아이고…." "미안해. 정말 미안해."

예전에 책을 읽고, '자살' 관련 의견을 주고받은 적이 있다. "아니요, 이분들은 사회적 타살입니다. 자살이라고 할 수 없어요. 사회가 그렇게 만든 거니까요." "그래도 본인이 선택한 거 아닌가요?" "자살도 권리죠." "과연 권리라고 할 수 있을까요?" 여러 주장이 팽팽히 맞섰다.

그런데 타살이며 자살이며, 사회가 만들었는지 아닌지가 그렇게 중요한 거였을까. 그 결정에 오기까지, 한 사람이 사무치게 외롭고, 힘들었을 텐데 말이다. 그리고 정말 많이 춥지 않았을까. 그 사실까지는 우리는 미처 알지 못했다.

상담 선생님께 들은 이야기입니다만, 사람은 모두, 누구나 살고 싶어 한다고 합니다. 아프고 싶은 사람은 없다고요. 그럼 자살하는 사람은 어떠냐고요? 자살을 통해서 '살고 싶어' 하는 거래요. 그게 지금의 삶보다 나으니까. 그들에겐 그것이 곧 사는 거라고 합니다.

혹시 여러분도 한 번쯤 이를 생각해 본 적 있나요? 저는 당신이 누군지 모르지만, 당신의 마음을 어렴풋하게는 알 것 같습니다. 그리고 당신을 알아주는 사람이 여기 있습니다.

소방관으로 일한다는 것

1. 언제 떠날지 모른다는 불안감

대형 공장 화재 진압을 마친 후, 소방서로 도착했다. 서로에게 수고의 인사를 건넸다. "수고했어요. 위험했지만, 인명 피해가 없어서 다행이네요." 하지만 앞에 계신 반장님의 예상치 못한 말씀에 뭉클해졌다. "사실 저는 남편이랑도 이런 얘기 많이 이야기해요. 혹시 우리 중 한 명이 사고를 당하면 아이를 책임져야 하니까. 또 아빠나 엄마가 없는 채로 자라야 할 수도 있는 거잖아요."

2. 24시간 흘러가는 소방서

소방서는 단 하루도 빈 적이 없었다. '중요한 기관이니까 당연히 그런 거 아니야?' 하고 생각할 수 있지만, 조금만 다르게 생각해 본다면 그들에게는 주말, 공휴일이 없다는 이야기다. 예로 올해의 대체 공휴일도 소방서에서는 다른 세상 이야기다. 경찰서나 대형 병원도 마찬가지겠지만 소방서 또한 교대 근무를 하고 있다. 그래서 주간 야간 비번을 번갈아 가며 근무해야 하고, 신체적 피로를 호소하는 사람들이 많았다.

3. 비 긴급 출동

며칠간 같은 장소에 또 접수된 출동. 도착해 보니 특별한 사유는 없었다. 또한, 택시처럼 구급차를 이용하는 때도 있었는데, 예를 들면 감기 같은 경증 사유로 신고하고 병원 이송을 원하는 경우가 종종 있었다. 그 때문에 구급대원 3명이 출동해야 했고, 그사이에 다른 긴급 환자가 생기지 않을까 걱정해야 했다.

주취자 관련 출동은 우리 모두로 하여금 기진맥진하게 했다. 새벽에 몇 시간을 허비하는 경우가 많았다. 집이 어디냐 여쭈어 봐도, 병원으로 갈지 말씀드려 봐도 대답 없는 경우가 허다했다. 어쩌다 그들이 건넨 폭언과 폭행은 온전히 우리가 감수해야 할 몫이었다.

4. 부족한 인력

현재 인력이 많이 충원되고 있지만, 필수 인원을 채우기까지는 아직도 많이 부족했다. 소방서에는 여러 차가 있고, 그에 꼭 들어가야 하는 필수 인원이 있다. 하지만 미달된 채 출동해야 하는 경우가 많았다. 펌프차 4인, 물탱크차 2인, 구급차 3인이 기준이지만, 한 팀에는 6-7명뿐인 적이 있기 때문이었다.
큰 출동이 나면 각자가 해야 할 역할이 너무 많았고, 모든 소방관이 사방을 뛰어다녀야만 했다. 물론 전국 모든 소방서에 인원이 부족한 건 아니겠지만, 적어도 내가 있는 지역의 안전센터들은 부족했다.

행복한 가출

소방복을 내려놓고, 군복을 집어 든다. 그토록 학수고대하던 바로 그날, 그날이 드디어 오늘이구나. 평소처럼 세수하고 이를 닦는다. 거울에 비친 얼굴을 보는데, 조금 이상해 보인다. 기분 좋고, 최고로 행복해야 할 오늘인데, 꼭 그렇지만은 않아 보인다. 마치 무언가를 두려워하는 것처럼.

무언가 건네 주시는 김 반장님. 네모반듯한 상자를 열어 보니 번쩍이는 전역패가 들어 있다. 전역증에 담긴 사진 속 표정이 뭔가 아리송하다. 기분이 그리 좋아 보이지 않는다. 아침에 샤워할 때 봤던 표정과 비슷한 거 같기도 하고. 직원 분들께 인사를 드리기로 한다. 여러 부서를 다니며 함께 했던 직원 분들께 힘찬 경례를 한다. “안! 전!” 박수를 보내 주시고, 또 환호를 주신다. 그들의 입엔 미소가 가득하고, 나도 따라서 웃음을 지어 본다.

박 반장님은 눈을 맞추지 않으신다. 일이 바쁘신지 컴퓨터 화면만 바라보고 있으시다. ‘일이 많으신가?’ 방해하고 싶지는 않지만, 마지막인지라 다가가서 말을 걸어 본다. “반장님?” 나의 얼굴을 보자마자 눈에 무언가 차오른다. 그리고 떨어진다. 뜨거운 눈물을 쏟아 내신다. 미소를 지으며 “범석아, 수고했어!” 짧은 말씀이었지만 나 또한 가슴 깊숙한 곳으로부터 무언가 차오른다.

“수방님 즐거웠습니다!” 진심이 담긴 뜨거운 논평을 내게 건넨다. 함께한 2년의 추억이 꾹꾹 담긴 게 느껴진다. 센터에서 함께 출동하고, 함께 보조하고, 함께 생활했던 우리의 순간들이 스쳐 지나간다. 같이 칭찬받기도 하고, 혼나기도 했던 그 점들까지도. “고맙다, 진규야. 나도 너와 함께 있어서 좋았어.”

그래. 기분이 좋지 않았던 이유가 여기에 있었다. 떠나는 것이 아쉽고, 어쩌면 그것을 인정하고 싶지 않은 마음.

마지막으로 하나뿐인 후임과 뜨거운 포옹을 나누고 소방서를 나선다. 마치 성인이 된 후에 집을 떠나는 것처럼. 하지만 그 의미는 ‘쓸쓸한 가출’이 아닌 ‘행복한 가출’에 가깝다. 이제야 소방서를 등지고 나서 본다. 한결 마음이 가벼워진다.

내 마음속 한 편 자리 잡혀 있던 그 차가운 감정을 녹여 주셔서 고마워요. 그리고 저를 진정으로 동료로 생각해 주고, 위해 주셔서 감사합니다. 당신들이 있었기에 소방 생활이 의미 있을 수 있었어요. 그리고 끝이라고 생각하지 않아요. 거리는 멀어지지만, 저는 소방에서 알게 된 무언가를 적용해 나가고 있을 테니까요.

몇 분 지나지 않아 전화가 울린다.

"네, 여보세요."
"안녕하세요. 교육청입니다. 발령 관련 말씀드리려고요."

강렬했던 소방을 뒤로하고, 새 시작이 나를 깨워 준다.
그래. 마지막이라는 건 새로운 시작의 다른 의미이겠지.

교실

세상에 똑같은 사람은 단 한 사람도 존재하지 않는 까닭일까요. 수십 명의 아이와 같은 교실에서 매일 함께한다는 건 쉬운 일이 아닙니다. 한 공간에 모여 있으니 때로는 아이들끼리 서로 다투기도 하고, 감정이 상하기도 합니다.

하지만 이런 아이들을 보며 오히려 제가 성장함을 느낍니다. 아이들이 용기를 내어 사과하는 모습을 보면 가끔은 어른보다 나은 것 같다며 감동합니다. 또 아이들의 끊임없는 질문을 답변하다 보니 여태 당연하게 생각했던 것들에 대해 다시 생각해 보게 됩니다. 또한 교실에 있으면 '아이들에게 필요한 게 뭘까?'에 대해 끊임없이 고민하게 됩니다. 어떻게 수업을 하고, 어떻게 학급 경영을 할지 매 순간이 고민입니다.

그런데 겪다 보니 고민에 대한 나만의 해답이 조금씩 생기더군요. 어쩌면 누군가를 가르친다는 건, 스스로 계속 배우고 성장한다는 것과 같은 의미가 아닐까 싶습니다.

꼭 착한 아이일 필요는 없단다

"고마웠거나 칭찬하고 싶은 친구가 있나요?"

한 달의 마지막 날엔, 아이들에게 이와 같은 질문을 종종 한다. 그리고 당연하게도 항상 이름이 나오는 아이가 있다.

"민석이입니다. 부탁을 잘 들어 주었기 때문입니다."
"민석이요. 항상 밝은 표정으로 인사를 받아 주기 때문입니다."

민석이는 고개를 숙인다. 부끄러워 하지만 내심 기분은 좋아 보인다. 그러다 나는 흠칫하고 만다.

"민석이요. 그냥 착해요. 바보같이."

살짝 걱정이 되기 시작한다. '이 아이에게 자신보다 타인이 더 우선시 되는 게 아닐까.' 하고. 거절할 줄도 알아야 하는데….

심장이 빨리 뛰기 시작한다. 어딘가 마음이 불편해진다. 어릴 적 내 모습과 똑 닮았기 때문에.

그 누구도 나에게 착해야 한다고 한 적은 없었다. 하지만, 알게 모르게 쌓여 버린 타인의 기대가 나의 말과 행동을 조심스럽게 만들었고, 그것은 곧 벽이 되었다. 어떤 말을 하고, 어떤 행동을 해야 한다는 일종의 틀. 그리고 날 갇히게 했다.

그곳을 깨고 나오는 과정은 꽤 힘들었다. 내가 만든 벽이 꽤 단단했기 때문에. 자책하고 아파하기도 했다. 그 누구도 깨는 과정을 알려 주지 않았기 때문에.

그래서 난 민석이에게 더 다가가고자 한다. 토닥이며 이야기해 본다.

힘든 거 알고 있어.
그래도 우리 스스로를 좀 더 사랑하고 신경 써 보자.
다른 사람의 눈치 조금만 더 덜 써 보자.

당신은 어떤 색을 좋아하나요

한 학생이 어떤 친구에게 이런 말을 했습니다.

"남자가 무슨 핑크야?

"음…."

"여자 같아."

"아 그런가…."

대답하긴 했지만 말을 더듬는 게 당황한 기색이 역력해 보였습니다. 이 친구 눈에는 남자가 분홍색을 고르는 게 조금 이상했나 봅니다. 표정이 너무 안 좋아 보여 다가가려고 하는데, 갑자기 다른 남학생이 불쑥 말을 건넸습니다.

"괜찮아. 나도 핑크 좋아해. 근데 그게 어때서?"

그제야 눈물을 터뜨리더군요. 그런데 이상하게도 마치 참았던 설움을 토하는 것 같았어요. 아직 10살 인생이라지만 한두 번 들어 본 이야기가 아니었나 봐요. 단지 좋아하는 색을 말했을 뿐인데 말이죠.

그 눈물은 여러 의미가 있었을 것 같아요. 고마움, 안도 그리고 설움의 눈물 정도.

What's your color? I wanna know

(당신의 색깔은 무엇인가요? 알고 싶어요)

I could be red or I could be yellow.

I could be blue or I could be purple.

I could be green or pink or black or white

(저는 빨강, 노랑, 파랑, 보라색이 될 수 있어)

I could be every color you like

(당신이 좋아하는 모든 색이 될 수 있어요)

- 스텔라장, 〈Colors〉 中

요즘 즐겨 듣는 노래가 있어요. 바로 스텔라 장의 'Colors'입니다. 2분 남짓의 짧은 곡이고, 단순한 가사들로 이루어져 있죠. 하지만 그래서 좋습니다. 가수 스스로가 하고 싶은 음악을 한다는 게 느껴지거든요.

혹시 여러분은 어떤 색이 되고 싶습니까? 또 어떤 색을 좋아합니까?

괜찮습니다. 자신 있게 말해도 됩니다.

어떤 색이 되든, 어떤 색을 좋아하든 상관없습니다. 우리의 취향이니까요. 사회의 상자에 우리를 가둘 필요는 없습니다.

행복이란 꼭 그런 게 아니더라

소확행 : 소소하고 확실한 행복이라는 뜻의 줄임말

하지만 나에게는 소소한 게 곧 소중한 것이기에 나에게 소확행이란, 소중하고 확실한 행복이다.

교실 속 아이들의 대화는 늘상 소확행을 선물한다.

"오늘 무슨 게임할래?"
"학교 마치고 축구하자."

분식집에서 초등학생들이 떡볶이를 사 먹고 이야기하는 모습을 보면 이상하게 미소가 지어진다. 정말 아무 걱정 없이 친구들과 즐기며 노는 모습이 내 어릴 적 모습이 떠오른다. 학교 마치고 놀이터에서 옥상 탈출을 하던 그때. 친구들과 열심히 딱지치기하고 집으로 가던 그때. '분명 저런 때가 있었는데….' 하며 괜히 옛 생각이 난다.

"다들 승진 생각 없어?"

"대학원 진학은?"

"결혼은 언제 할 생각이야?"

요즘 친구들과 만나면 하는 대화. 마치 미래를 설계하는 것처럼 보여 좋게 들렸다. 진짜 어른이 된 것만 같아 묘했다.

하지만 얼마 가지 않아 이질감이 느껴지기 시작했다. 썩 기분이 좋지 않았다. 왜 그럴까 생각해 보았다. 질문들에 답이 있었다. 바로 행복이 미래에 있다고 생각해서. 그리고 생각했다. 과연 '결혼을 해야만, 인생 목표가 있어야만 만족할 수 있는 걸까?' 하고 말이다. 질문은 꼬리처럼 따라다녔다. '정말 행복은 미래에 있는 걸까?'

어린 물고기는 나이 든 물고기에게 다가와 이렇게 말했다. "전 바다라고 불리는 엄청난 것을 찾고 있어요." "바다?" 나이 든 물고기가 말했다. "그건 지금 네가 있는 곳이야." 그러자 어린 물고기는 "여기는 물이에요. 내가 원하는 건 바다라고요!"

- 영화 〈소울〉 中

영화 속 대사는 온몸에 전율을 느끼게 했다. 엄청난 걸 찾아

다니지만, 사실 그 안에 있었던 어린 물고기가 꼭 우리 같아서. 우습게도 우리는 행복할 수 있는 조건을 이미 다 갖추고 있을지도 모른다. 그토록 원하던 행복이, 사실은 바로 앞에 있었을지도 모른다.

출퇴근 때 운전하며 노래를 듣고, 따라 부르는 시간.
친구들과 통화하며 시답잖은 이야기를 하는 시간.
집에서 혼자 유튜브를 보며 웃는 시간.
하루를 마무리하고 침대에 눕는 시간.

생각하자면 끝이 없지만, 대부분 생각지 못하고 지나치는 것들. 단 한 번도 행복이란 의미를 부여한 적 없던 찰나의 순간들. 그 찰나의 순간은 모두 미래가 아닌 지금에 있었다. 그래. 영어 'PRESENT'만 봐도 현재와 선물을 전부 뜻하는구나. 현재가 곧 선물인 셈인가 보다. 시선을 1도만 바꿔도 세상엔 행복한 일도 꽤 많은 것 같다. 부족하다고 생각하면 끊임없이 모자라고, 충분하다고 생각하면 만족할 수 있나 보다.

꿈을 꾸라고 말하고, 꿈이 없다면 꿈을 가져야 한다고 말한다.
과연 이 말이 진정 우리를 위한 말일까.
우리를 왜 계속 미래에만 쏠리게 하는가.

책에는 인생이 있기 때문이지

"선생님, 책이 너무 재미없어요. 대체 책을 왜 읽어야 하나요?"

처음 이 질문을 접했을 때는 뭐라 답변해야 할지 딱히 떠오르지 않았다.

"음…. 그야 당연히 지식이 쌓이고…."

집에 돌아오는 길에 곰곰이 생각해 봤다. '왜 책을 읽어야 할까?' 그리고 반대로 내가 책을 좋아하게 된 계기가 무엇인지 생각해 보았다. '책이 좋아졌던 때, 그리고 책을 많이 읽었던 때는 언제일까?'

대학생 시절, 교내 커뮤니티 사이트를 보다 우연히 '독서 모임'을 발견한 적이 있다. 무료하게 학교생활을 보내고 있는 터라 새로운 자극을 찾고 싶었다. 독서 모임의 필독 책 대부분은 성공한 사람들이 쓴 '자기 계발서'였다. 신기하게도 성공한 사람들 대부분이 다독가였다. 책을 꼭 읽고, 실천으로 옮기려 했다. 그렇게 자연스레 '책'과 친해졌고, 이후로 책을 가지고 다니는 습관이 생겼다.

어떤 유튜버는 책을 읽는 게 치트키를 쓰는 거와 같다고 했다. 오래전에, 뇌 바깥에 정보를 저장하는 획기적인 수단인 '글'을 개발하면서 모든 것이 달라졌다고 했다. 글 덕분에 언제 어디서든지 다른 사람의 능력치를 불러올 수 있다고 했다. 잘 생각해 보면 얼마나 좋은 일인가? 우리가 고민했던 내용을 윗세대들도 똑같이 고민했을 테고, 그에 대한 답을 고스란히 책에 담아 두었을 테니.

'글'이란, 또 '책'이란 우리가 알고 있는 것보다 더 대단한 존재일지도 모른다. 작가가 생각하고, 생각하고, 또 생각해서 만들어 낸 작품이기 때문이다. 마치 농축액기스처럼 말이다. 어떤 작가도 자기 쓴 글을 바로 세상에 공개하는 법은 없지 않은가.

이제는 아이들에게 말할 수 있다.

"책이란 어떤 사람의 삶이란다. 어려운 일이 있다면 도움을 받을 수 있고, 그 이상의 삶의 지혜를 얻을 수 있는 공간. 그게 바로 책이란다. 우리 책을 조금 더 천천히 읽어 보자. 작가가 왜 이런 글을 썼을지, 왜 이런 문장을 썼을지 하나씩 곱씹으며 보자. 책 읽기가 달라질 거야. 너희 스스로가 책 읽기의 재미를 알았으면 좋겠어."

가끔은 우리 그냥 춤 춰요

약 1개월간의 대장정 캠페인 '월드비전 교찾희(이하 교실에서 찾은 희망)' 촬영을 마무리했다. 우리는 시간을 쪼개어 틈틈이 연습했고, 최선을 다했다.

"자 이제 활동 소감문을 작성해 볼까요?"

평소였으면 싫은 티 팍팍 냈을 아이들이지만, 이번 시간만큼은 뭔가 달라 보였다. 쓰고 싶은 무언가가 있는 모양이었다. 순회하며 슬쩍 아이들의 글을 확인해 본다. 오랜만에 집중하는 눈빛과 자세를 보아하니 진심이 꽤 많이 담겨 있는 것 같았다.

- 춤을 전부 외워야 하는 게 힘들기도 했지만 평생 잊지 못할 추억이 되었습니다.
- 싸웠던 친구와 같이 준비하며 화해하게 되었습니다.
- 배려라는 게 무엇인지 직접 알게 되었습니다.

수업을 마무리하고 아이들을 집에 보낸 뒤, 우리가 올린 영상을 다시 한번 확인해 본다. 4분 남짓 되는 영상. 우리가 했던 노력에 비하면 참 짧은 시간인 것처럼 느껴진다. 햇볕을 맞고, 땀을 흘리며 촬영했던 시간들. 스크롤을 쭉 내려 보니 학부모님의 댓글, 아이들의 댓글이 보인다.

- 학부모이자 선배로 영상 끝까지 보다 눈물이 핑 돌았어요. 그때 그 시절이 그립네요.

짧은 영상이지만, 우리의 노력이 잘 전달된 것 같아 뿌듯해진다. 우리들의 표정과 몸짓에 담겨 있는 진심을 발견해 주신 것 같았다. 댓글을 계속 읽어 본다.

- 20년도 때, 전학 갔던 학생입니다. 전학을 안 갔다면 저도 이 동영상에 나왔겠죠…?

아이들에게 물어보니, 우리의 활동을 부러워 한 다른 학교 학생들이 참 많았다고 했다. 이 친구가 그중 한 명인 모양이었다. 아련함이 묻어 있는 이 학생의 댓글을 보니 내가 다 아쉬웠다.

활동을 하고 나는 무엇을 알게 되었는가. 스스로 소감문을 정리해 본다. 지금에서야 확실히 알게 된 두 가지가 있다. 바로 칠판에서 교과서 수업을 하고, 시험 보게 하는 것만이 좋은 교육이라고 할 수 없다는 것. 또 교사는 다양한 활동을 준비해야 하고, 학생 스스로가 깨달을 수 있게 도와줘야 한다는 것을.

어떤 선생님이 되어야 할까요

"선생님이 그러니까 우리 반 아이들이 떠들죠." 한 아이가 무심한 말투와 작은 목소리로 내뱉었다. 혼잣말처럼 조용히 하는 말이라 그러려니 하고 넘어갔지만 마음속에 계속 걸렸다. '그러니까'란 뭘까. 화를 잘 내지 않는 걸 말하는 걸까 아니면 아이들 말에 잘 웃어 주는 걸 말하는 걸까.

초등학생 시절, 아침 조례 때 어떤 친구들이 큰 소리로 떠들길래 무슨 일인가 뒤돌아 본 적이 있었다. 그런데 갑자기 날아오는 꿀밤. "왜 이렇게 시끄러워!" 새로운 담임선생님께서 나의 머리를 쥐어박으셨다. 억울한 마음에 "선생님, 저는 안 했는데요…."라고 말했지만, 돌아오는 말은 뻔했다. "시끄러워! 앞에 봐!" 억울한 마음을 누르고, 앞만 봐야 했던 그때가 생각난다.

교내에 어떤 선생님을 마주치든 간에 인사하는 습관이 있었는데, "안녕하세요." 하면 늘 반갑게 웃으면서 인사해 주시는 선생님이 계셨다. 그날 하루는 괜스레 기분이 좋았다. 반면 표정 변화

없이 그냥 쓱 지나가는 선생님 또한 있었다. 혹시 못 들으셨나 해서 다음번에는 더 크게 인사했지만, 또 지나가시더라. '내가 무슨 잘못을 했나?' 하고 생각했던 기억이 난다.

그 이후 한 가지 결심한 게 있다. '내가 선생님이 된다면 학생들의 이야기도 들어 주고, 친절하게 응대해 주는 사람이 되어야겠구나.' 하고 말이다.

세월이 지나고 나는 초등학교 선생님이 되었다. 적어도 아이들에게 상처를 주지 않으려고 말과 행동에 많이 신경 썼다. 쉬는 시간에 내 옆으로 와서 주말에 있었던 이야기를 설명하는 학생에게는 적극적으로 반응해 주었다. 화를 내어야 하는 상황에는 어떤 상황인지 객관적으로 파악하려고 노력했고, 아이들 입장을 각자 들어 보았다. 물론 인사하는 학생들에게 반갑게 인사해 주었다.

몇 년 전 담임을 할 때, 쉬는 시간 옆 반 학생이 우리 반에 찾아와 친구에게 물었다. "야! 너희 반 선생님 무서워?" "아니? 우리 반 선생님 하~나도 안 무서운데?" 그냥 솔직하게 했던 말이었겠지만, 빈정거리는 말투에 기분이 상했다. '하~나도 안 무서운데?' 뒤에는 '그래서 우리 반에서는 뭐든지 다 할 수 있어.'의 말이 생략된 것 같았다.

올해 우리 반 학생은 쉬는 시간에 내게 다가와 이런 말을 했다. "선생님, 화내시면 무서워요." 3년 전 담임을 맡고 단호함이 필요하다고 생각한 나는 아이들에게 가끔 무표정으로 말하는 습관이 생겼는데, 이런 걸 두고 어떤 학생은 무섭다고 생각했다. 기분이 묘했다. 무섭게 보이는 데 성공한 게 기분은 좋았지만, 이상하게 썩 좋지만은 않았다.

친구에게 이런 고민을 털어놓은 적이 있었는데, 그 친구는 학생들과 친해지기 위해 사적인 내용도 학생들에게 말했다고 했다. 그런데 학생들과 너무 가까워져 곤란할 때가 많았다고 했다. 그러고 내년부터는 사적인 내용을 하나도 말 안 해야겠다고 다짐했단다.

둘리보다 고길동이 불쌍해지면 어른이 되는 거라고 한다. 지금 내가 바로 이 과정을 겪고 있는 게 아닐까. 내가 아이들에게 허용할 수 있는 범위와 허용할 수 없는 범위는 어디까지일까. 나만의 교육 철학을 찾아 나가야겠다.

일해 보니 이렇더구나

1. 따뜻한 말 한마디를 건네자

처음 일을 시작할 때, 누군가는 처음부터 알려 주겠지 하고 생각했다. 지금은 이걸 해야 할 때고, 앞으로 이걸 해야 한다고. 하지만 웬걸 학기 시작이라 다들 분주했고, 어디서 시작하는지조차 알려 주는 이가 없었다. 그러다 보니 실수하고, 질문만 늘어났다. 그럴 때 선뜻 내게 와서 힘든 일은 없냐고, 도와줄 일은 없냐고 물어봐 주시는 동료 선생님을 보면 정말 눈물 나게 감사했다. 여러 후배들, 또는 소외되는 사람에게 좀 더 관심을 줘야겠다.

2. 내가 진짜 신경 써야 할 사람들

어떤 사회 조직에 들어가든 나를 정말 좋아하는 사람이 있고, 나를 정말 싫어하는 사람이 있다고 한다. 그 비율은 각각 2.5% 정도씩이다. 좋아하는 사람은 그렇다 쳐도, 싫어하는 사람이 2.5%가 된다는 건 정말 답답한 일. 하지만 반대로 생각하면 나에게 호감을 느끼고, 좋아하는 사람이 있다는 건 정말 감사해야 할 일이기도 하다. 그래 이 사람들에게만 시간과 노력을 써도 모자라다. 나와 맞지 않는 사람과는 최대한 멀리 지낼 것. 그리고 내 사람들에게 더 집중할 것.

3. 만능 일꾼 '내일의 나'에게

한번 일을 시작하면 끝장내는 성격이다. 그 덕에 시키지도 않은 초과 근무를 자주 하게 되었고, 업무로 인해 수업 준비에 차질이 생긴 적이 있다. 늦게까지 일한다고 해서 일의 효율이 꼭 올라가는 것도 아니었다. 나에게 필요했던 건 일의 중요도를 나누고 순서대로 일을 처리하는 것, 그리고 때론 '내일의 나'에게 일을 나눠 주는 것이었다.

4. 디지털 정보 빈부 격차

"부장님~ 스마트폰으로 주문했어요."

"자기 어떻게 그렇게 빨리 했어?"

"어플 다운 받으시면 돼요. 이거 누르고, 이거 누르면 끝!"

스마트폰에 가까운 사람들에게는 어플이 편리하고 익숙한 방법일지라도, 아직 모든 사람이 편하게 쓸 수 있는 방법은 아닌 것 같다. 비단 온라인 주문에만 해당하는 것이 아니었다. 카페라 작동, 온라인 플랫폼 접속, 영상 편집까지. 어쩌면 물어보고 싶으셔도 괜히 부끄러운 마음에 말씀을 못 하셨던 것도 있을 터. 그래서 이번 기회에 좀 더 챙겨 보고 도와드려야겠다.

5. 월급 관리를 하자

월급은 통장을 스칠 뿐. 첫 월급을 받고 기뻐하던 일은 잠시, 다음 날 통장이 텅~장이 되어 있는 현실을 발견한다. 이유는 과도한 신용카드 사용 때문. 첫 취직을 기뻐하며 무분별하게 사용했던 신용카드 덕에 월급 반쪽을 잃어버렸다. 이후 신용카드 사용을 줄이고, 계획적인 소비를 하려 노력했다. 덕분에 소비 습관을 고칠 수 있었지만, 확실히 깨달은 건 버는 건 어렵고 쓰는 건 정말 쉬운 일이라는 것이다.

쉼

쉰다는 건 정말 중요합니다. 쉬어야지 그다음 목적지로 갈 수 있기 때문입니다.

학창 시절, 착각한 적이 있습니다. 무작정 공부하기만 하면 되는 줄 알았습니다. 그래서 밤낮 가리지 않고 공부했습니다. 제가 마음 편히 쉴 때란 잠드는 시간 외에는 없었던 것 같습니다.

성적은 잘 오르지 않았습니다. 그러니 더 힘들어지고 자책하게 되었습니다. 자신에게 가혹한 조건을 내걸고 공부하게 되었죠. 그렇게 시간이 흘렀고, 성적이 오르지 않았던 이유를 성인이 되어서야 알게 되었습니다.

한 번은 지쳐 혼자 여행을 떠난 적이 있습니다. 평소의 저 같았으면 모든 걸 계획하고 갔겠지만, 그때는 문득 떠나고 싶었습니다. 어떤 걸 먹을지, 어디에 갈지 아무것도 정하지 않은 채로요.

밥 먹고 싶을 때는 느낌대로 식당에 들어가 밥을 먹었고, 카페에 앉아 조용한 음악을 듣기도 했습니다. 목적지로 가다 쉬고 싶으면 앉아 쉬기도 했죠. 그제야 제게 필요했던 걸 알겠더라고요. 바로 '쉼'. 쉰다는 건 휴식이기도 하지만 곧 충전이기도 하더라고요. 앞으로 나아갈 수 있는. 쉰다는 건 선택이 아니라 필수였습니다.

이번 장에서는 제 일상을 바탕으로 깨닫게 된 내용에 관해 썼습니다. 여러분이 이번 글을 읽으며, 쉬어 가는 시간을 가졌으면 좋겠습니다.

고민은 제멋대로 없어집니다

우리는 정말 많은 고민을 안고 살아갑니다. 그리고 오늘 또한 우리는 작고 큰 고민을 했습니다. 어쩌면 글을 읽고 있는 지금도 고민을 하고 있을 수 있습니다. 작게는 아침에 일어나 무슨 옷을 입을지, 무슨 밥을 먹을지, 크게는 어떻게 돈을 모을지, 인간관계를 어떻게 회복할지 등에 대해서 말입니다.

'삶이란 B(Birth)와 D(Death) 사이의 C(Choice).'라는 말이 있듯이 고민하고 선택하는 것이 우리의 숙명일지도 모릅니다. 태어나는 순간부터 죽는 순간까지 우리는 선택의 갈림길에 서 있기 때문입니다.

그런데 고민을 하더라도 곤란한 상황은 늘 생깁니다. 심지어 그 고민을 털어 놓지 못할 때도 있죠. 이럴 때 여러분은 어떻게 해결하시나요?

"고민이 생길 때는 서점으로 한번 가 보세요. 답이 있을 거예요."

교생 실습 때, 담당 선생님께서 해 주신 말씀입니다. 우리는 "왜 하필 서점으로 가야 하나요?"라는 질문을 했습니다. 하지만 "이유는 가 보면 알 거예요."라는 아리송한 답변만 주셨죠. 확신 가득 찬 목소리에 우리는 고개를 끄덕일 수밖에 없었습니다.

오랜만에 간 서점은 전에 제가 알던 서점과는 달랐습니다. 책을 읽을 공간이 있었고, 커피를 마실 수 있는 공간 또한 있었습니다. 서점 안에는 종이 냄새가 가득했고, 어디선가 작은 음악이 흘러나왔습니다. 마음에 드는 책 앞에서 한 장씩 페이지를 넘기는 사람, 책을 사기 위해 줄을 서서 기다리는 사람이 보였습니다.

무엇보다, 마음을 쓰다듬는 제목들이 가득했습니다. '완벽하지 않은 것들에 대한 사랑', '미움받을 용기', '나에게 고맙다', '자존감 수업' 등 당시 베스트셀러 작품의 약 절반이 인문학 그리고 힐링 에세이였습니다. '이미 많은 사람이 책으로부터 치유 받고 있었구나'. 다르게 생각하면 사람에게 상처 받고, 고민이 있는 사람들이 많았다는 이야기겠죠.

'조금 더 빨리 와 볼걸'. 그동안 인터넷으로만 책을 주문한 게 조금 후회스러웠습니다. 마음에 드는 책 하나를 골라 자리에 앉았습니다. 음악 소리를 들으며 천천히 책을 펼쳐 봅니다. 신기하게도 책의 내용이 당시 제 상황과 제법 잘 맞아떨어졌습니다. 그래서인지 앞으로 어떻게 생각하고 행동해야 할지 감이 왔습니다.

그렇게 서점은 치유를 주는 장소가 되었습니다. 지금도 저는 서점에 종종 가는데, 서점 속 여러 장면, 냄새, 소리는 따뜻함을 줍니다. 그리고 마음에 드는 책을 바로 그 자리에서 읽기도 하고, 사기도 합니다.

"1년 전에 자신이 무엇에 대해서 고민하고 있었는지 기억하고 계십니까?"

…

1000명의 청중 중에서 1년 전의 고민을 기억하고 있는 사람은 한 사람도 없었다고 합니다. 즉, 지금 처절하게 고민하고 있는 것도 1년 후에는 거짓말처럼 없어져 버린다는 것입니다. 고민은 제멋대로 없어집니다.

…

이 문장을 읽고 있는 중에도 고민은 소멸의 방향으로 나아가고 있습니다.

- 히스이 고타로, 〈3초만에 행복해지는 명언 테라피〉 中

우연히 서점에서 고른 책 속 한 문장은 당시 내 마음을 감싸 주었습니다. 여러분이 지금 고민하는 게 길게 보았을 때, 우리 삶에서 큰 문제가 아니라는 것입니다. 지금보다 조금 더 가볍게 살아가도 될 것 같습니다. 금방 지나갈 거고, 1년 뒤에는 어떤 고민을 했었는지조차 모를 테니까요.

오늘도 어떤 시작을 했을 당신에게

'누군가가 어떤 시작을 하겠구나.'

종종 분침과 초침이 12를 함께 가리킬 때를 보면 이런 생각이 듭니다. 일을 하다 '좀 쉬어야겠는데….' 하는 생각이 들기도 하고, TV를 보다 '언제 시간이 이렇게 되었지?' 생각하기도 합니다.

보통 정각을 기준으로 무언가 '시작'되죠. 예컨대 직장인에게는 하루 중 근무 시작 시간이 될 수도 있고요. 수험생에게는 단 한 번의 시험을 시작하는 시간일 수도 있습니다. 여행자에게는 열차 출발 시간일 수 있으며, 어떤 환자에게는 중대한 수술을 시작하는 시간일 수도 있습니다. 여러분은 오늘 정각에 어떤 시작을 했습니까?

그런데 알고 계셨나요? 어떤 시작을 할 때마다 우리의 마음이 쓰입니다. 그리고 쓰인다는 건 곧 '소모'입니다. 매일 같은 일을 한다 한들, 정해진 시간에 같은 일을 하는 게 과연 쉬운 일이라고 할 수 있을까요? 일을 시작하기 위해 의자에 앉은 순간, '오늘 하루도 시작되었구나.' 하고 몰래 한숨 쉬지는 않았나요?

사실 어떤 시작을 했든 간에 중요한 건 '시작을 했다는 것', 그리고 '끝냈다는 것'입니다. 그게 중요한 거죠.

오늘을 무사히 마무리했으니 그걸로 된 겁니다. 오늘이 쌓여 내일이 되고 내일은 미래가 됩니다. 오늘의 어떤 시작은 내일의 어떤 결실이 될 것입니다.

시간이 지나고 나서야

경주로 여행을 떠났다. 오늘 밤에는 어떤 음식을 먹고, 어디를 갈지 생각해 봤다. 요즘 황룡원이 좋다고 하던데 거기로 갈까 아니면 월정교로 가 볼까. 그래, 이번에는 야경이 예쁜 월정교로 가 보자. 그렇게 결단을 내리고 택시에 올라탔다.

"엑스포로 쪽으로 가 주세요."

"여행 왔나 보네요? 어디서 왔어요?"

"부산에서 왔어요."

"그러시구나. 학생인가 봐요?"

"아니요. 얼마 전부터 일 시작했어요."

"아이고 고생이 많네요. 요즘 취업하기가 그렇게 힘들다던데…. 일해 보니 힘들죠?"

문득 예전에 여행 갔을 때가 떠올랐다. 그때의 택시 기사님도 분명 비슷한 질문을 하셨던 것 같다.

"놀러 왔어요? 전부 학생이에요?"

"네! 저희 모두 대학생이에요."

"아이고~ 정말 좋을 때다!"

"정말요? 왜 지금이 좋을 때에요?"

"그냥 좋을 때잖아요. 그립기도 하고…."

생각해 보면 대학생이 되고 나서야 마냥 재밌었던 고등학교 시절이 그리워졌고, 직장인이 되고 나서야, 돈은 없어도 즐거웠던 대학생 때가 그리워졌다. 분명 그때가 좋을 때라고 생각한 적이 단 한 번도 없었는데 말이다.

봄이 지나고 나서야 봄이었다는 걸 알게 된다고 한다.

그래. 시간이 지나고 나면 그때서야 지금이 봄인 걸 알아차리겠지.

내게 필요했던 것

어릴 때부터 작은 꿈이 있었다. 서울로 가는 것. 서울에서 꼭 가고 싶었던 곳이 있었다기보단 그냥 서울로 가고 싶었다.

운 좋게 기회가 생겼다. 입대 전까지 시간이 조금 남아 서울에 살면서 일을 하기로 했다. 그렇게 짧은 서울 살이가 시작되었다. 허투루 보내고 싶지 않았다. 창경궁부터 코엑스, 미술관은 물론, 흔히 말하는 감성 카페까지 부지런히 움직였다. 모든 순간이 꿈꿔 온 만큼, 꿈꿔 왔다 믿은 만큼 소중했다.

그런데 조금씩 시간이 지나고 언제부터라고 꼬집어 말할 수는 없지만, 매일같이 타던 지하철이 답답했다. 출근 시간 속 지하철은 발 디딜 틈이 없었고, 왜 '지옥철'이라고 말하는지 알 수 있었다. 너무 빽빽해서 원하는 종착지에 내리기도 쉽지 않았고, 타기도 쉽지 않았다.

하루는 퇴근 후 직장 생활을 하는 친구를 한강공원에서 만나기로 했다. 그 친구 또한 나처럼 서울에 대한 꿈이 있던 친구였다. 노는 걸 좋아했고, 젊음을 사랑했던 친구였다.

한강공원에는 많은 사람이 밖을 나와 회포를 풀고 있었다. 누군가는 풀숲에 앉아 맥주를 마시고, 누군가는 담소를 나누고 있었다. 강아지와 산책하는 사람들도 있었고, 텐트를 치고 안에서 친구들과 게임하는 사람들도 있었다.

아침에 지하철, 버스에서 봤던 사람들의 표정과는 사뭇 달랐다. 무엇보다 즐거워 보이고, 행복해 보였다.

“잘 지내? 어때? 서울에 사니까?”
“좋은 거 같아. 즐길 거리도 많고. …근데.”
“근데?”
“근데, 이상하게 한적한 곳을 계속 찾게 된다?”

잠시 짧은 침묵이 생겼다. 이유에 대해 자세하게 묻지는 않았지만 내가 느낀 것과 비슷한 것 같았다. 뭔가 감정이 북받치는 듯해 우린 멍하니 한강만 바라보았다.

“자전거 탈래?”

한강 주위의 자전거 트랙을 따라 자전거 페달을 밟아 봤다. 바람을 맞으며 자전거를 타니 기분 전환이 되었다. 상쾌하고, 자유로웠다. 그렇게 썩 좋은 날씨도, 그렇게 완벽한 풍경도 아니었지만. 어쩌면 우리가 바랐던 게 커다란 게 아니었던 걸까.

그래. 내가 여태 원했던 건 무언가를 하는 게 아닌 하지 않는 것이었구나. 내게 필요한 건 '쉼'이었다. 하던 일을 멈추고, 여유로움을 챙기는 시간. 친구와 진심을 이야기할 수 있는 시간. 또 다른 아침을 맞이할 준비를 하는 시간.

편안함과 외로움의 한 끗 차이

아이유의 곡 ‘벽지 무늬’를 좋아한다. 오르골 반주와 가수의 슬픈 음색이 중첩되어 외로움이 극대화된 곡이다.

눈을 뜨면 벽지 무늬 속 그 반복이 내 하루와 닮았어.
내 방안에는 깔끔히 정리된 외로움만이…

- 아이유, 〈벽지 무늬〉 中

이 가사는 ‘방’에서 종종 느끼는 내 감정과 비슷해 더 이입하게 했다. 내 방에는 알 수 없는 두 가지의 감정이 공존했기에. 안락한 공간이 주는 ‘편안함’, 그리고 이유 없는 ‘외로움’.

이상한 경험을 한 적이 있다. 때는 대학교 2학년 여름 방학, 친한 친구와 첫 여행으로 대만에 가기로 했다. 우리는 기대감을 안고 매시간 단위로 꼼꼼히 계획했다.

하지만 우리의 대만 여행은 녹록지 않았다. 기대감을 갖고 열심히 찾아갔던 맛집은 굳게 닫혀 있었고, 또한 우기였던 탓에 여정 중 맑은 날이 거의 없었다. 하루는 숙소에서 우산을 가지고 나오지 않아 비에 홀딱 젖기도 했다. 운 좋게 비가 내리지 않는 날도 있었지만 너무 습해 조금만 걸어도 온몸이 땀으로 가득 찼다.

그때 우리는 지도 보는 법을 잘 몰라 방향을 쉽게 잃곤 했다. 그럼에도 소심했던 터라, 누군가에게 물어보지는 못했고, 꾸역꾸역 지도를 보며 '여기가 맞다 저기가 맞다.' 하며 싸웠다. 뜨거운 뙤약볕에서 우리는 서로의 감정을 토해 낼 수밖에 없었다. 우리는 서로 감정이 상했고, 지쳤다. TV에서 봤던 사람들은 그렇게 즐겁게만 여행하던데, 왜 우리의 여행은 이런지 도통 알 수 없었다. 즐겁기 위해 시작된 여행인데, 나에게 돌아온 건 단지 후회뿐이었다.

그렇게 나의 첫 해외 자유여행이 마무리되었다.

그렇게 녹초가 된 몸을 이끌고 겨우 집에 도착했고 '역시 집이 최고구나!' 했다. 내 방에 누웠을 때는 이 편안함이 너무 좋아 '행복이란 건 이런 거지.' 하고 생각했다. 방에 들어오고 나선 자는 것 외에 아무것도 하지 않았다. 눈을 뜨고 나서는 바로 다시 자거나, 휴대폰만 만지작거렸을 뿐이었다. 예전에 유행했던 밈인 "아무것도 안 하지만 더 격렬하게 아무것도 안 하고 싶다."는 말이 내 상황에 딱이었다.

그런데 참 이상했다. 그렇게 충분한 휴식을 보내고 나니, 불편한 감정이 생겼다. 온종일 누워만 있는 게 불편했다. 딱히 이유는 없었다. 그냥 지금 이대로의 나 자신이 조금 싫어졌다. 그토록 내가 원했던 우리 집, 내 방 그리고 휴식이었는데, 있다 보니 쓸쓸해지더라.

비단 여행에만 해당하는 게 아니었다. 월화수목금 열심히 일하고, 그토록 기다리던 토요일이 왔을 때는 정말 좋았다. 아무 약속 없이 집에만 있는 토요일이면 이날만을 기다려 왔다 싶을 정도로 너무 편안했다. 하지만 그다음에는 불쑥 외로움이 찾아왔다. '심심하다'는 감정은 아니었고, 허전함에 쓸쓸함이 더해진 감정이었다.

편안함과 외로움은 단 한 끗 차이라는 걸, 그제야 알았다.

우리가 친한 이유

누가 말하길 대학교 이후의 친구는 진짜 친구가 아니라고 했다. 하지만 난 대학생 때 진짜 친구를 만났다. 우리가 서로를 알게 된 지는 오래되지 않았지만, 누구보다 가깝다. 함께 대학 생활을 보냈고, 함께 임용을 준비했고, 지금도 함께 교직 생활을 해서인지, 공감 요소가 참 많다. 서로가 서로의 고민을 들어줄 수 있는 베스트 프렌드다.

우리는 이따금 함께 여행을 떠나는데, 몇 년 전엔 몽골을 다녀왔다. 7인승 승용차에 부대껴 앉은 채 게임도 하고, 시답잖은 이야기도 하면서 초원을 달렸다. 그런데 문득, 그런 생각이 들었다. '이런 재미 말고 진심을 나눌 수 있는 시간이 필요하지 않을까?' 하는.

"우리 게임 하나 하자! 칭찬, 감사 게임."

"무슨 게임인데?"

"뽑기에 나온 친구에게 진심으로 칭찬해 주고, 고마워해 주면

끈이야."

"음…. 그래, 해 보자!"

뭐든지 잘 받아 주던 친구들이라 뜬금없는 제안도 바로 수락했다.

처음 게임을 시작했을 때는 우리 모두 쑥스럽고 낯간지러워 쉽사리 말을 꺼낼 수 없었다. 하지만 용기를 내어 하나둘씩 이야기했고, 나중에는 서로가 누구보다 진심으로 서로를 칭찬했고, 우리는 경청했다.

"뭘 하든 준비를 너무 잘해 주어서 항상 고마웠어."

"함께 있으면 행복하고, 정말 재미있어."

"나에게 처음으로 다가와 줘서 고마웠어."

"배려하는 방법을 네가 처음으로 나에게 알려 준 것 같아."

"그냥 아무것도 안 해도 편하고, 좋아."

"나는 그냥 너희들이 내 친구라는 게 자랑스러워."

우리는 눈시울이 붉어지고 말았다. 그리고 곧 눈물을 흘렸고, 곪았던 상처가 씻겨 내려갔다. 여러 사람에게 들어 왔던 혹은 나 자신을 괴롭혔던 여러 말들. 내가 잘하는 것이 아닌 못하는 것에만 초점을 두었던 그런 말들. 타인의 언어가 화살이 되어 꽂혀 버린 부위를 우리는 진심으로 보듬어 주었다.

외모로만 사람을 평가하고, 또 평가받는 현시대에서 이렇게 내 마음속 보석을 알아주는 사람들이 있다는 건 정말 고맙고 놀라울 일이었다. 그리고 그제야 오랫동안 우리가 친할 수 있었던 이유를 알게 되었다. 그냥 서로 공감을 잘해서가 아니라 서로의 장점을 누구보다 잘 알고 있었기에.

파도에 몸을 맡기고

조금씩 들려온다. 솨아아- 솨아아-. 집에서 10분간 열심히 뛰어 이제야 거의 도착했다. 그토록 기다렸던 7월이 되었고, 해수욕장 첫 개장에 맞추어 온 우리는 운이 참 좋았다. 동생과 나는 누가 먼저라고 할 것도 없이 바닷속으로 뛰어 들어갔다.

집에서 들고 온 튜브를 가지고 풍덩 그리고 어푸.

하늘은 푸르고, 파도는 맑았다. 하늘과 맞닿는 파도의 소리는 우리의 뜨거운 더위를 씻겨 주었다. 가져온 튜브에 몸을 싣고, 파도에 몸을 맡기기로 했다. 가끔은 앞으로 가기도 하고, 가끔은 뒤로 가기도 하고.

육지에 닿아 바다를 느낄 수 없을 때면, 동생이 알려 주었다.

"오빠, 왜 거기 있어. 다시 들어와!"

육지에서 점점 멀어질 때면, 흰색 부표가 나의 어깨를 툭 치며 알려 준다.

'너무 멀리 왔어.'

가끔은 흐르는 대로 가도 괜찮습니다.

몸을 흘러가는 대로 맡겨 보세요. 어떤 결과가 나오든 괜찮습니다. 그 결과는 당신의 갈 길을 알려 줄 등대가 될 겁니다.

이제는 뒤에 서도 돼요

어릴 때는 몰랐다.

아빠, 엄마는 나를 쭉 지켜 줄 것만 같았다.

그 사랑이 계속 샘솟아 바닥나지 않을 줄 알았다.

어릴 때, 부당한 일을 겪고 오면

발 벗고 달려와 주었던 아빠, 엄마.

대신 화도 내 주고, 다친 데는 없냐고 물어봐 주었다.

든든한 아군이자, 내 편이었다.

하지만 언제부터였을까.

전에 보이지 않았던 무언가가 보이기 시작했다.

식탁 위 쌓여 가는 약 봉투들, 처음 보는 돋보기안경,

그리고 점점 보이는 흰 머리카락들까지.

아빠는 생수 한 묶음 들기를 어려워했다.

늘상 우리 가족 모든 짐을 들어 주고도 끄떡없던 분이었는데.

엄마는 청소하며 허리가 너무 아프다고 했다.
매주 구석구석 청소하고도 튼튼했던 분이었는데.

"병원 가서 진찰 받아 볼래?"라는 말은 드리지 못했다. 우습게도.
혹시나 그동안 외면했던 그들의 세월이 내 품으로 들어올까 봐.
그리고 그 시간이 '너는 그동안 뭐 했어?' 하고 물을까 봐.

아빠, 엄마는 조금씩 늙어 가고 있었는데, 왜 몰랐을까.
여태 우리 가족을 끌어 준 생각을 하니 한편이 아려 온다.

이제는 힘든 일이 있다면 좀 쉬어 가세요.
제가 당신을 끌어 줄게요.
그리고 이제는 뒤에 서도 돼요.

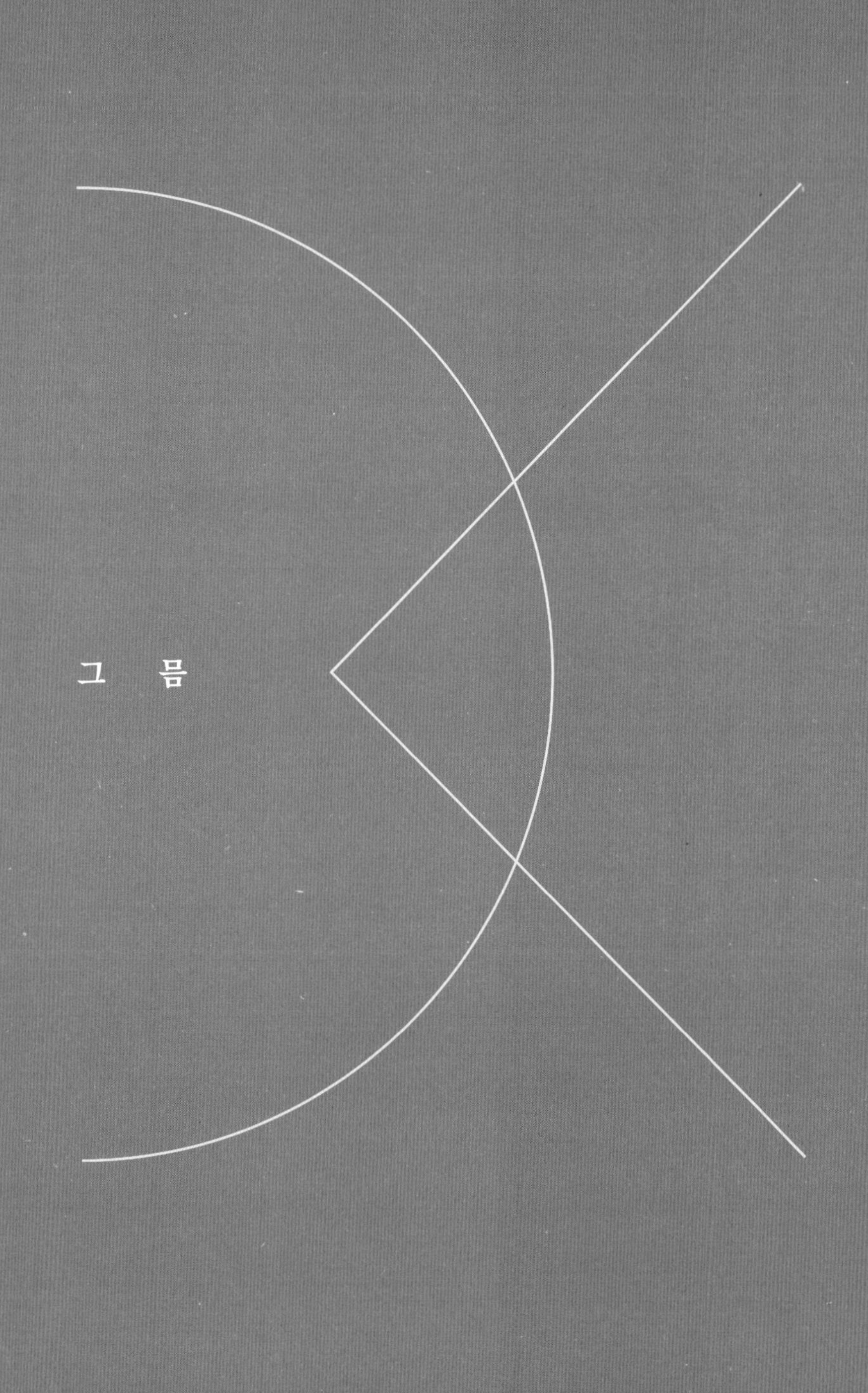

그 믐

작가 소개

글을 쓰고 싶어서 쓰게 된 사람이다.

제 속을 들여다보는 일이 어려워 한숨을 쉴 때가 있다.

지치고 우울한 하루가 잘못된 것이 아니라고 말하고 싶다.

이번 이야기가 흐린 하늘을 닮아 있어, 다음 이야기는 이른 오전의 햇살을 담고 싶은 작가다.

거북목을 한 채로

퇴근 시간 지하철을 타고 있는 사람을 보면 죄다 비슷한 표정을 짓고 있다. 앉아 있든 서 있든 모두 한 손에 휴대폰을 쥐고 거북목을 한 채로 작은 화면을 들여다보고 있다. 쓰다가 쓰다가 한계까지 오게 된 후에야 숨을 돌리기 위해 귀에 이어폰을 끼우고 그제야 현실과 자신을 단절시키고 있다.

그들은 노래를 듣거나 영상을 본다. 재밌는 예능 프로의 짧은 컷을 보거나 일하는 동안 있었던 이슈를 보거나 웹툰을 보거나 웹소설을 보며 집으로 가는 시간을 견딘다. 이 시간이 당신이 집에 돌아가기 전에 방전되어가는 배터리를 채우는 '휴식'이지 않을까. 지하철을 내리기 전까지 배터리를 채우고 나면 그제야 일어나 터덜터덜 집으로 걸어갈 힘이 날 것이다. 그리고 집에 도착하고 나서야 쓰러지겠지. 남은 하루를 아까워하며 5퍼센트 남은 휴대폰에 충전기를 꽂고 콘텐츠를 소비할 것 같다.

나 또한 그렇다. 이럴 때 마음이라도 편하면 좋을 텐데. 손가락 하나 까딱하기 싫어 뒹굴면서 마음은 불편하다. 준비되지 않은 채 맞이할 내일에 대한 불안에 오늘도 제대로 충전하지 못하고 하루를 보낸다.

모르겠다

쉬지 않고 일하고 있지만, 지금 내가 뭘 하고 있는지 모르겠다. 나 지금 뭐 하고 있지?

불안하다

시작은 하는데 끝맺지 못하는 일이 많다.

하고 싶은 일은 많은데 시간이 너무 부족하다.

해야 할 일은 많은데 지친다.

하고 있는데 아무것도 안 하는 것 같다.

너무 불안하다.

형체가 없는 이 감정은

준비되지 않은 내일이 버거워서 느끼는 것 같다.

일을 마무리 짓지 못하고 도중에 멈추는 것은

자신에게 확신이 없어서인 것 같다.

그럼에도,

불안하게 떨리는 심장을 다독이지 못하는 것은

아직 갈피를 잡지 못해 떠돌고 있어서가 아닐까.

나를 보는 횟수

하루에 나를 보는 횟수가 얼마나 될까.

세수할 때. 화장할 때. 외출 전 옷매무새를 다듬을 때. 걷다가 상가의 유리를 볼 때. 버스나 전철의 유리창을 볼 때. 휴대폰 카메라를 셀카 모드로 해서 머리카락을 정리할 때. 식사 후 치아에 음식이 끼어 있나 볼 때. 찍은 셀카 편집할 때. 그리고, 또… 언제 볼까?

일상에서 나를 보는 일은 좀처럼 잘 없는 것 같다. 위 예시 중에서도 몇 개는 온전히 내 모습을 보지 않는다. 내가 어떻게 웃는지. 어떻게 우는지. 어떤 표정으로 상대방을 보는지. 나는 모른다.

내게 하지 않은 말

"조금 더 널 생각하고 위하는 건 어떨까?"

삶이 힘겨워 어깨가 무거워 보이는 그들에게 무심코 건네는 말.

너 자신을 사랑하라고, 아끼고 소중히 여기라고.

"사랑해!"

간혹 가족이나 친구에게 하는 말.

내가 당신을 사랑하고 있음을 잊지 말라고, 당신은 사랑받고 있다고.

"나 너 정말 좋아해. 진짜야!"

불안을 속으로 삼켜내고 있는 너에게 하는 말.

이런 걸로 거짓말 안 한다고, 결코 너는 혼자가 아니라고.

사소하고 별거 아닐 수 있는 이 모든 말들이 당신에게 닿기를 바란다. 너를 사랑하고, 좋아하고 있으니 부디 자신을 귀하게 여겨 달라고 말한다.

한 번도 내게 하지 않은 말이다.

지나가듯 내뱉지도 못한 말이다.

나는 해당하지 않는다는 듯이 생각조차 해 보지 못한 말들.

정작 나는 나를 사랑하는지조차 모르면서.

나는 나한테 사랑한다고, 좋아한다고 말해 본 적이 없다.

타인을 사랑하는 방법은 아는데, 나를 사랑하는 방법은 모른다.

그거,

어떻게 하는 건데.

날로 먹고 싶다

'날로 먹다.'

이렇게 보면 참 쉬운 일 같은데. 결국 생으로 먹는다는 말이잖아. 근데 이게 희한한 게 사람은 생으로 먹으면 탈이 난다. 소리하지 않고 먹으면 배앓이를 하게 되는 경우가 심심찮게 나타난다.

그래서 특히 회를 먹을 때 조심하지 않나. 게다가 회도 손이 많이 간다. 생선 기절시켜, 비늘 벗겨 내, 상하기 전에 회를 떠야지 또 준비물도 있잖아. 소주도 있어야지, 초장도 있어야지. 야채도 준비가 돼야지. 아니면 매운탕이나 라면 같은 국물도 있어야지.

어휴.

말이 쉽지 '날로 먹다'라는 건 그만큼 준비가 되어 있으니까 가능한 말이 아닐까. 내 눈에 날로 먹는 걸로 보여도 상대방은 그 기회를 낚아챌 준비가 되어 있었던 건 아닐까.

그런 생각을 하지만, 나도 날로 먹고 싶다. 진짜 날로 돈 벌고 싶다.

코인 노래방에서

일하던 당시 힘들었는지 코인 노래방에서 노래를 부르다가 펑펑 울었다. 엄청 당황스러웠다. 첫 소절을 부르는데 목소리는 떨리고 물기가 차올랐다. 코끝이 찡해졌고 시야가 흐려졌다. 목이 알싸해지면서 목소리가 잘 나오지 않았다. 뭐지? 하는 순간 이미 나는 울고 있었다. 그때 같이 근무했던 선생님이 계셨다. 당황하셔서 나를 보고는 "그믐 선생님 괜찮아? 많이 힘들었어?"하고 물어보셨다.

대답도 제대로 못 하면서 노래는 불러야겠다고 생각했다. 울먹이면서 부르다 숨쉬기가 힘들어졌다. 그래도 울음은 멈추지 않았다. 오히려 대성통곡을 하듯 꺼이꺼이 울었다. 마이크를 껐던가, 노래를 멈췄던가, 아니면 완곡했던가. 기억은 나지 않지만 하염없이 울었다는 것만 기억이 난다.

왜 울었더라. 몇 년 전 기억이라 가물가물하다. 사회 초년생에 처음 겪는 직장 생활과 사람을 대하는 일은 생각보다 큰 스트레스였던 것 같다. 괜찮다고 스스로 다독여 왔지만 나는 한계에 부딪힌 것이다. 타지에서의 생활에 혼자라고 은연중에 생각했나 보다. 뭐가 그렇게 서럽던지. 울고 나서 개운했다.

당시 불렀던 노래는 이선희의 '그중에 그대를 만나'였다. 가사 하나 이해하지 못했는데, 노래는 꾹꾹 눌러 담은 감정에 매몰되지 않게, 막힌 댐 물이 범람하지 않게 방수시키듯 숨 쉴 구멍을 만들어 주었다.

지금도 울고 싶을 때, 감정을 토해 내고 싶을 때, 후련해지고 싶을 때 이 노래를 부른다.

누구에게나 그런 노래가 하나쯤 있지 않을까.

내 감정에 솔직해질 수 있는 노래 말이다.

울고 싶을 때가 있다

그런 때가 있다. 작위적으로 울고 싶을 때가 있다. 스스로 울고 싶다고 생각하고 우는 그런 때가 있다. 그때는 일부러 슬픈 드라마, 영화, 영상, 노래를 찾아본다. 짧게는 10초, 길게는 5분 정도. 그렇게 운다. 코를 먹어 꺽꺽 소리를 내지만 그때만큼은 멈추지 않고 맘껏 운다. 코를 풀면 흐름이 끊기기 때문에 일부러 흐르도록 둔다. 그리고 더 이상 눈물이 나오지 않을 때까지 운다.

차오른 콧물을 킁 하고 휴지에 담아내고 쓰레기통에 버리면 한결 여유로워진다. 편안해진다. 멍하니 허공을 보고 방금 운 자신을 떠올릴 때면 이불을 발로 차고 싶다는 생각이 강렬하게 들지만 후련하다. 킁. 코로 한 번 숨을 들이마시고 내쉰 후 유튜브로 무난한 예능 프로 하나를 본다. 그렇게 아무 일도 없었다는 듯이 흘려보낸다.

그런 때가 있다. 평소와 같이 퇴근하고 집에 와서 고요한 방 한가운데에 앉아 멍하니 허공을 볼 때면 문득 울고 싶을 때가. 나는 그런 때가 있다.

졸려서 화가 나

잠이 너무 오고 졸려서 눈이 감기는데, 자면 안 되는 그 순간을 알아?

온몸을 비틀고 때려 봐도 답이 없는 순간.

내가 할 수 있는 건 모든 걸 내려놓고 침대로 가는 일뿐이다. 당장 내일 제출해야 하는 과제든, 회의에 필요한 자료든, 검사 받을 서류든 그런 건 이미 눈에 들어오지도 않는다.

밤을 새우는 건 어떻게 하는 건지.

밤을 새워 공부하고, 일하는 사람들이 참 대단하다 생각을 하게 되는 그 순간. 나는 그저 너무 졸립다는 생각밖에 없다.

지금 보고 있어도 내용이 머릿속에 들어오지 않는다는 걸 안 순간.

그냥 다 던져두고 눕고 싶다. 아무것도 하기 싫다. 노트북을 엎어 두고 침대에 가서 자고 싶다.

그러고 싶다. 그런데 그러면 안 된다. 해야 할 일이 산더미고, 기간은 임박해 있다.

그 사실이 나를 미치게 한다. 일이 손에 안 잡힌다. 이제는 졸려서 화가 날 지경이다. 너무 화가 나서 눈물이 날 것 같다.

지금 이건 너무 졸려서 하는 말이다.

시발 진짜 너무 졸려.

아, 진짜 짜증 나

일을 마치고 집으로 가던 길. 일기예보에도 없던 소나기에 길거리에서 비를 쫄딱 맞았다. 짜증이 머리끝까지 차올라 "아. 진짜 짜증 나."라고 말하며 편의점 앞 창 아래에 서서 비를 피했다.

몸에 묻은 비를 툭툭 털어 냈다. 젖은 머리카락을 털었다. 이게 무슨 마른하늘에 소나기인지. 하필 한동안 비가 내리지 않아 우산을 두고 온 날이었다.

또 한 번 짜증 난다는 말을 내뱉었다. 나 말고도 모여든 사람들은 내가 내뱉은 말과 똑같은 말을 한다. 그리고 비를 털었다. 간간이 들려오는 욕설. 대체로 기상청을 욕한다.

어휴. 한숨을 내쉬고는 고개를 들었다. 아. 유리창에 비친 내 얼굴이 보인다. 지친 기색이 가득한 얼굴. 한눈에 봐도 짜증이 가득한 얼굴. 톡 건들면 터질 듯한 풍선 같았다. 이게 뭐야. 문득 서러워졌다.

언제부터 나는 짜증이 많은 사람이 되었지.

언제부터 나는 화가 많은 사람이 되었지.

언제부터 나는 웃는 게 힘든 사람이 되었지.

언제부터 나는 … 참는 게, 넘기는 게 힘들어졌을까.

분명 오늘 같은 날이 있었다.

맑은 하늘에 덥다며 친구와 투덜거리던 고등학생 시절. 집에 가기 아쉬워 서로 대화를 나누면서 정처 없이 길을 걸어가던 너와 나. 갑자기 쏟아진 소나기에 화들짝 놀라 비명을 지르며 잎이 무성한 나무 아래에 섰다. 이게 뭐냐며 교과서가 안 젖었나 살피던 우리는 서로 마주 보고 웃었다.

하하하. 너무 웃어서 배가 아플 정도였다.

여름날. 갑자기 쏟아진 소나기. 예고 없이 들이닥친 장마. 그 속에서 몸을 붙여 나무 아래에서 비를 피하던 그때의 우리. 그때의 나. 사소한 일에도 웃었던 나는 지금 어디에 있지.

지금 나는 뭘 하고 있는 걸까. 나는 내가 지쳤다는 걸 깨달았다. 여유가 없는 오늘. 기대되지 않는 내일. 반복될 매일. 그 굴레에서 지쳐가는 나. 너. 우리.

퇴사하고 싶다. 그만두고 싶다. 습관처럼 하던 생각을 또 한다.

소나기가 그쳤다. 잠시 멈춰 섰던 나는 다시 걸어야 한다. 생각을 할 수 있는 잠깐의 멈춤을 뒤로한 채 쉴 틈 없이 다시, 숨이 가쁘게 걸어간다.

아. 지랄을 해야 하는구나

초등학교 6학년. 나는 뚱뚱하고 소심한 아이였다(물론 지금도 다이어트 중이다). 그때는 뭐든 눈치를 보고 매사에 자신감이 없었다.

그렇다고 왕따라고 하기에는 다른 친구들이랑 잘 지냈던 것 같다(이 부분의 기억이 애매하다). 친구도 있었고 외롭다는 생각은 하지 않았으니까. 아니다, 나는 그저 꿋꿋이 버티고 있었다. 곧 졸업하니까. 그 당시에 나는 내가 창피했다.

반 모두가 알고 있는 사실을 담임선생님이 몰랐을 리가 없었다. 그도 1년만 지나기를 기다린 게 아닐까. 하루빨리 졸업하고 싶었다. 조용히 아무 일 없이.

그러나 졸업을 며칠 앞둔 시점에 일이 벌어졌다.

소위 '노는 아이'라고 불리는 부류였다. 축구부였던 남자애가 내게 와서 자리를 바꿔 달라고 했다. 나는 내 자리가 좋아서 싫다고 말했다. 그러자 그 애가 주먹으로 어깨를 쳤다.

책을 읽던 것도 그만두고 그 애를 쳐다봤다. 아니, 노려봤다. 그러자 비웃으면서 그 애가 말했다.

"째려보면 어쩔 건데? 어?"

나는 그대로 자리에서 일어났다. 책상에 바짝 붙어 있던 그 애는 밀린 책상에 부딪히면서 넘어졌다. 아닌가. 내가 밀쳤나.

나는 넘어진 그 애를 노려보며 외쳤다.

"이딴 학교 내가 안 다녀."

눈물이 나왔다. 손으로 눈가를 훔치며 그대로 책과 가방을 챙기고 학교를 나왔다. 놀라서 쫓아온 친구도 뿌리치고 집으로 갔다. 머릿속은 온통 밉다는 생각뿐이었다. 정말 학교에 다니고 싶지 않았다는 걸 깨달았다. 쿵쾅쿵쾅. 심장이 세차게 뛰었다. 뭔가 후련했다.

아빠한테 전화해서 집에 왔다고 말했다. 아빠가 말했다.

"딸. 푹 쉬고 있어. 아빠 지금 집에 갈 테니까. 알겠지?"
"응. 아빠."

정말로 집으로 온 아빠는 나를 달래 주셨다. 그래도 졸업이 얼마 안 남았으니까 학교는 가는 게 좋지 않겠냐고 말씀하셨다. 나는 알겠다고 대답하고 다음 날 학교에 갔다.

첫 번째로 등교했다. 교실은 고요했다. 나는 내 자리로 가서 앉았다. 두 번째로 등교한 남자애가 나를 힐끔 쳐다보고는 말했다.

"이딴 학교 안 나올 거라며."

빈정대는 말이었지만 신경 쓰지 않았다.

"내 마음인데."

무슨 상관이냐는 듯 맞받아치고는 무시했다. 원래는 말도 못 붙였었는데. 무섭지 않았다. 아. 생각보다 별거 아니구나. 심장은 빠르게 뛰었지만 오히려 마음은 편안했다.

그 애가 내게 와서 사과했다. 나는 빤히 그 애를 보고는 그저 고개만 끄덕였다. 불안을 안고 왔지만 아무 일도 일어나지 않았다. 내 상상은 최악이었는데 현실은 평화로웠다.

나중에 친구가 와서 말해 줬다. 내가 가고 나서 난리가 났단다. 담임선생님이 오셔서 아이들에게 물어봤고, 모두 그 애를 가리키며 사건의 발단임을 알렸단다. 그리고 당연하게도 그 애는 많이 혼이 났다고 한다. 흥. 그러든가 말든가. 그 이후로 졸업식 날까지 아무런 소음 없이 조용히 시간을 보낼 수 있었다.

가만히 그 일을 돌이켜 봤다.

감내하는 1년 동안 조퇴하고 싶다고 생각했다. 등교하기 싫다고, 그 애들이 싫다고, 보고도 도와주지 못하는 친구가 밉다고. 그리고 가만히 당하고 있었던 내가 창피하다고 생각했다. 조금만 용기를 냈다면 어땠을까. 주변의 시선을 생각하지 않았다면, 보복을 두려워하지 않았다면, 선생님께 도움을 요청했더라면 어땠을까. 내 평화는 좀 더 빨리 왔을까.

이 사건으로 깨달은 게 있다. 가만히 있는다고 괴롭힘이 줄어들지 않는다. 모두가 안다고 해서 나를 구해 주지 않는다. 침묵은 나를 고립시킬 뿐이고, 내가 나를 외면할수록 주변은 내 숨통을 쥐고 흔들 뿐이다.

그 후로 생각했다.

'아. 지랄을 해야 하는구나. 내가 나를 지키려면 해야 하는구나.'

누구도 나를 하찮게 보지 않게 하려면 내가 여기 있다는 걸 알려야 한다고 생각했다. 내가 나를 외면하면 안 된다고 생각했다.

이후에 이것보다 더 소소한 일이 하나 더 있었는데, 한 마디만으로 꽤 조용히 넘어갔다. 꾹꾹 참았는데, 한 번 내뱉으니 속도 후련하고 기분이 나아졌다. 상황도 달라진 게 없었다. 내 마음의 안정만 되찾았다.

안다. 그 한 번이 어렵다는 거.

그래도 나를 지킬 수 있는 건 나, 자신이니까. 남이 잊어도 나는 잊으면 안 된다. 숨이 막히고 세상에서 나를 지우고 싶어지는 생각이 든다면 그건 내 잘못이 아니다. 내가 사람인 것을 나도, 남도 잊었기 때문이다. 그러니까 잊지 말라고 지랄을 하자.

나, 여기 있어.

나, 여기 숨 쉬고 있어.

나도 울고 웃고 화낼 줄 아는 사람이야. 라고.

입버릇

쉽게 내뱉는 만큼 버릇 드는 말이 있다. 무의식중에 사용할 정도로 뿌리 깊게 생활에 녹아 있는 말이다. 입버릇이라고 말해도 좋을 정도로 친숙하고 거리낌이 없다. 생각 없이 은연중에 내뱉는 말이다.

'죽겠다.'

혹은

'죽었으면.'

혹은

'죽을 것 같다.'

등등.

나 또는 타인에게 향하는 말이다. 너무 남발해서 그 뜻이 희석되어 버린 건 아닐까. 자연스럽게 삶에 녹아들어서 알아차리지 못한 걸까. 은연중에 나를, 당신을 좀먹고 있는 말인데. 정말 무서운 말인데.

외면하고 싶은 현실

내 방 책장에는 읽지 않은 책이 가득하다. 하고 싶다는 생각에 그와 관련된 서적을 모았지만 정작 제대로 읽은 책은 없다. 그럼에도 꿋꿋이 책을 모은다. 모으다가 자리가 부족하면 버린다. 그리고 다시 모은다. 버린 책에는 읽지 않았으면서 흥미를 잃은 책이 있다. 다시 모은 책은 한 페이지도 읽지 않은 채 책장에 자리를 차지한다. 스스로 위안 삼는 것과 동시에 자괴감을 느낀다. 내 책장은 내가 내게 하는 변명이다. 그렇게 마음만 앞서고 행동하지 않아 여전히 제자리에 서 있는, 내가 부끄러워지고 싶지 않아 외면하고 싶은 현실이다.

그렇게 하루가 지나간다

하루가 시작됐다. 눈을 뜨자마자 휴대폰을 찾는다. 눈이 떠지지 않아 손만 더듬거리면서 이불 위 어딘가에 있을 휴대폰을 찾는다. 손에 휴대폰이 잡히고 시간을 확인하고 간밤에 왔을 메시지를 확인한다. 그렇게 매트리스에 엎드려 휴대폰으로 웹툰을 보면서, 오늘 할 일을 생각한다. 집을 치워야겠다고. 바닥을 쓸고 물건을 정리해 식탁을 깨끗이 해야겠다고. 오늘은 책도 좀 읽고 나가서 바람도 좀 쐬자고. 오늘이 가기 전에 말이야. 몸을 옆으로 돌려 누운 채로 이번에는 유튜브 앱을 켠다. 알고리즘을 타고 소개된 영상을 본다. 이때도 오늘 하루 할 일을 생각한다. 그렇게 하루가 지나간다.

아이스 아메리카노를 주문하기까지 걸린 시간 일 년

나는 아이스 아메리카노를 싫어했다. 줘도 안 마셨다. 그런데 아르바이트를 하면서 점장님이 일주일에 두 번은 사다 주셨다(난 주 3일 근무인데). 그렇게 마시다 보니 어느샌가 아이스 아메리카노를 자연스럽게 마실 수 있는 사람이 되었다. 그렇게 되기까지 일 년의 시간이 걸렸다.

입맛이 바뀐 것도 아닌데, 쓰디쓴 아이스 아메리카노가 혀끝에 닿을 때의 거부감이 없어졌다. 인상을 찌푸리지도 않는다. 이제는 오히려 깔끔하다고 느낀다. 누군가가 권해도 거절했던 것을 이제 내가 먼저 주문을 하고 있다. 카페에 가서 별생각 없이 아이스 아메리카노를 주문하고 있는 나를 발견할 때면 신기하다.

무언가 하는 것은 한 번 하는 양 보다는 꾸준히 하는 게 중요한 것 같다. 일주일에 두세 번 아이스 아메리카노를 마시면서 익숙해지는 것처럼. 원하는 습관이 있다면 일주일에 두 번 정도 꾸준히 하는 건 어떨까. 실천하는 건 어렵지만 막상 시작하면 작은 성취감을 느낄 수 있다. 그저 아이스 아메리카노를 마시는 것뿐이지만 나는 꽤 뿌듯했다.

사소한 것이라도 좋다. 당신도 해 봤으면 하는 일이 있다면 작게 시작해 보는 건 어떨까. 힘들지 않을 정도로, 매일 아침 카페에 가서 커피를 사는 것처럼 단순하게 말이다. 가랑비 젖어 들 듯 스며들어 일상에 자리 잡게 될 것이다.

당신은 괜찮나요

'괜찮다'의 사전적 의미를 아시나요. 괜찮다는 별로 나쁘지 않은 보통 이상의 상태를 나타내요. 괜찮다는 탈이나 문제, 걱정이 되거나 꺼릴 것이 없다는 뜻이에요.

나는 괜찮다는 말을 많이 해요.
정말 괜찮아서. 별거 아니어서.
나는 괜찮다는 말을 많이 해요.
걱정을 끼치고 싶지 않아서. 부담 주기 싫어서.

그리고 나를 속이기 위해서.

나는 안 괜찮아서 이제 괜찮다고 말을 해요. 이때까지 괜찮다고 말한 것들이 전부 사실이 아니라면 너무 슬플 것 같거든요. 내가 상처 입은 만큼 나를 외면했다는 사실을 깨닫고 싶지 않아요. 내가 나를 사랑하지 못했다는 게 너무 아파요.

나의 괜찮다는 말은 나를 위한 것이 아니었어요. 그래도 나는 괜찮아요. 괜찮아요. 괜, 찮아요. …괜찮고 싶어요.

당신은 괜찮나요.

사랑스러운 꽃이 있습니다

꽃을 좋아하십니까.

혹은 좋아하는 꽃이 있으십니까.

저는 좋아하는 꽃이 있습니다. 추운 겨울에 피어 따뜻한 봄이 오기 전에 지는 꽃입니다. 한 그루에 송이송이 맺히는 붉은 꽃잎 사이로 빼꼼 고개를 내미는 노란 수술들이 사랑스러운 꽃입니다. 흰 눈이 내려 세상을 백색으로 물들이는 그 순간에도, 소복이 쌓여 눈 속에 묻히는 그 순간에도 찬란하게 피어 있는 꽃입니다. 세상이 움츠리는 시기에 조용히 피었다가 그 붉음으로 생명을 발하고는 그대로 낙하하는 꽃입니다.

툭. 눈밭 위에 떨어집니다.

툭. 언 땅 위에 떨어집니다.

툭. 본인의 뿌리 위로 떨어집니다.

위에서 아래로 내려온 꽃은 여전히 아름답습니다. 고고한 그

성정과 닮은 생의 마지막 모습을 보고 있노라면 가슴 안쪽이 쓰라려 옵니다. 그렇게 추위도 잊은 채 묵묵히 꽃을 봅니다. 모두가 숨죽이는 때에 존재하다 사라지는 이 꽃이, 나는 좋습니다.

좋아하는 꽃이 있습니다. 그 꽃은 고요한 세상에 피었다가 집니다. 져 버린 꽃은 따뜻한 봄이 오면 문드러져 흙으로 돌아갑니다.

좋아하는 꽃이 있습니다. 그 꽃은 동백나무에서 핍니다. 그 꽃은 동백꽃이라고 합니다.

당신은 어떤 꽃을 좋아하십니까.

나만 바라봐 주는 너란 존재

우리 집 강아지가 너무 예쁘다. 너무 귀엽다. 하얀 털이 복실한 것도. 둥글게 말린 꼬리도. 귀 뒤에 갈색 점박이도. 촉촉한 검은 코도. 동그란 눈동자도. 풍성한 속눈썹도. 보면 볼수록 억울해 보이는 표정도. 나를 보고 웃어 주는 것도. 너무 사랑스럽다. 나에게도 강아지가 있다. 나를 사랑해 주는, 나만을 바라봐 주는 존재가 있다. 나도 너에게 그런 존재가 되어 주고 싶다.

아무런 근심도 걱정도 없이 편안함을 느낄 수 있다면

열어 놓은 창문 너머로 들려오는 빗소리. 무더웠던 여름 열기를 식혀 내는 잔잔한 빗소리. 찬 공기가 옅은 비 냄새를 머금고 거실 안으로 스멀스멀 들어온다. 얇은 이부자리 깔고 돌렸던 선풍기를 끈 채 담요 하나 배 위에 걸쳐 놓고 눈을 감는다. 일요일 오후 두 시 반. 나른하게 잠기는 의식 너머 아무런 근심도 걱정도 없이 편안함을 느낄 수 있다면 얼마나 좋을까. 몰려온 잠기운을 굳이 이겨 내지 않았지만, 은연중에 깔린 불안에 옅게 심장이 떨린다. 자면 안 된다는 이성의 외침에 뻐근한 눈을 깜빡였다. 그럼에도 지금 이 순간이 너무 소중해서, 편안해서 놓지 못한다. 물살을 가르는 자동차 소리. 간간이 들리는 대화 소리. 얇은 벽 너머 흘러오는 피아노 소리. 나는 그냥 휴대폰을 손에서 놓은 채 눈을 감았다. 내일은 다시 쏟아지는 폭우와 같은 인파 속을 걸어야 하니까. 잠시. 아주 잠시만. 사람과 멀어져 혼자 있자. 그래도 되니까.

여름이 지고 가을이 올 즈음

지독한 장마가 끝났다.

눅눅하고 무거웠던 공기가 한층 가벼워졌다. 햇볕은 곡물이 익어야 하기 때문인지 따갑게 느껴질 정도로 강하지만 숨통을 트기에 알맞은 시작이다.

무더위 속에서도 시원함을 느낄 수 있었던 녹음이 진다. 이후 새로운 색이 세상을 뒤덮는다. 보기만 해도 포근해지는 빛바랜 붉은빛과 노란빛은 자신의 존재를 드러냄과 동시에 진다. 그리고 서늘한 바람을 데려온다.

아직 그 여름날을 잊지 못했다면 새벽녘에 산책하기를 권한다. 인근에 있는 강이나 저수지, 댐에서 피어오르는 물안개가 몽실몽실 떠돌며 풀잎에 이슬을 두면서 여름의 물기를 남긴다.

그렇게 여름이 끝났구나 하고 생각할 즈음 해가 떠오를 것이다. 동이 트면서 안개가 걷히고 가을볕에 차가웠던 공기가 달아오른다.

아, 아직 여름이 다 가지 못했구나.

이마에 송글 맺히는 땀을 훔치며 찬란하게 내리쬐는 햇빛에 반짝이는 색을 볼 것이다.

아직 다 지지 않은 녹색.

그를 물들고 있는 붉은색.

떨어지지 않고 버티는 노란색.

이 모든 게 낙엽과 같이 땅으로 떨어져 소복이 쌓이고, 과일이 익고, 벼가 고개를 떨구면 가을일 것이다. 따가운 볕과 차가운 공기를 즐길 수 있는 가을일 것이다.

그러다 겨울의 끝자락을 물고 온 바람을 느낀다면, 그때 또 다른 계절이 오겠구나.

김 민 주

작가 소개

사진이 세상에 나오지 못하면 그저 흐릿하게 남는 과거의 기억이 되는 것처럼 글 또한 그럴 것이라고. 그렇게 22살의 블로거 놓작가는 글을 써 내려갔다. 블로그의 글에 공감하는 무수한 사람을 보며 알게 되었다. 나만 느꼈던 감정이 사실은 모두가 한 번쯤 느껴 봤을 흔한 감정이라는 것을. 그래서 차곡차곡 쌓인 감정과 글을 종이로 세상에 내보인다. 속으로 삼켜 내고, 삭이는 누군가가 나와 함께 호흡할 수 있길 바라면서.

INSTAGRAM @writer_minju

프롤로그

평범하게 나고 자라서, 그저 그런 학교를 나왔고, 별다를 것 없는 회사를 다니며, 매일을 밋밋하게 보내고 있는 나의 성씨 또한 평범하다. 그래서 나를 부르는 호칭도 비슷한 느낌이다. 미쓰 김, 김대리, 김씨. 이런 평범함이 나의 일상에 가득 차 있는 와중에 내가 보고 느낀 모든 것을 펜을 들어 써 내려가는 순간 더 이상 단조롭고 보통이지도 않게 된다. 나를 위로해 주는 것은 다양하지만, 그중에 제일은 쓰고 읽고 지울 수 있는 글인 것 같다. 그게 내가 글을 쓰는 이유가 되었다. 그래서 나는 오늘도 의식의 흐름대로 적어 본다.

김대리, 오늘도 쉴 틈 없는 하루를 보냈군요

출근해서 PC 전원을 켜고 시작 화면이 나오기까지 그 짧은 시간에 고민했겠죠. 커피를 내려 올까 물을 따라 올까 아니면 화장실을 갔다 올까. 하지만 아무것도 하지 못했을 겁니다.

그건 아마도 업무가 시작된 것도 아닌데 공허한 사무실에 울려 퍼지는 전화벨 소리 때문이겠지요. 아마도 당신은 그런 고민을 할 시간에 울리는 전화에 바로 응대할 수 있는 지긋지긋한 파일들을 열어 두고 있었을 겁니다. 남들은 내근직이면 더울 때는 시원한 에어컨, 추울 때는 따뜻한 온풍기 아래에서 편하게 일한다고 생각할 거예요. 그런 선입견 때문에 당신은 항상 눈물 나게 억울했겠죠. 계획대로 풀리지 않고 오전 업무부터 삐끗하거나 일이 규칙 없이 몰리게 되면, 화장실도 가지 않고 점심도 먹지 않고 숨 쉬는 것도 까먹으며 일하느라 힘들었을 거예요. 이렇게까지 해서 일을 마무리하려는 이유는, 당신은 야근을 죽기보다 싫어하기 때문이겠죠. 야근은 무능한 사람이나 하는 거라고 생각하고 있기 때문일 거예요.

하나를 끝내면 또 하나가 들어오고, 당장 급하다고 서로 던져 주는 일부터 끝내려다 미처 해결하지 못한 채 쌓아 뒀던 그것들을 다시 처리하느라 정신력은 이미 한계가 왔고, 정말 왜 몸은 한 개인가 싶었을 거예요.

그렇게 바쁘게 업무를 해치우고 나서야 오늘 해야 할 일의 절반 이상은 끝낸 것 같네요.

많이 힘들었죠. 야근하지 않고도 모든 능력을 발휘해서 이렇게 많고 복잡한 일을 끝내느라 정말 힘들었을 거예요. 수고했어요. 김대리.

네, 여기서 말하는 김대리는 접니다.

비의 의미

비가 온종일 내린다는 소식에 '아, 또야.' 짜증 섞인 표정으로 다음 날 출근할 때 입고 가기 위해 옷을 찾아 두었다. 비가 최대한 덜 묻을 수 있게 기장이 짧은 옷과 장화 그리고 빵빵해질 에어컨 바람에 대비할 걸칠 옷도 준비해 놨다. 다음 날이 되었고 장우산까지 완전히 무장한 채로 문밖을 나섰는데, 정작 출근길에는 비는 별로 내리지 않고, 나의 두 발만 점점 습해져 갔다. 여기서 난감함을 느꼈다. 난생처음 사 본 레인부츠 때문이었다. 신는 방법도 몰라서 양말도 없이 맨발에 신었는데, 덕분에 습기만 더 차서 비도 안 오는데 이게 비가 고인 건지 땀이 고이는 건지 굉장히 찝찝했다. 이러다가 곰팡이가 피지는 않을는지 심각하게 걱정이 된다.

그러다가 또 비가 온다는 소식을 접했고, '이놈의 구라청. 내가 또 믿으면 바보지.'라고 혼잣말을 하며 출근길에 나섰다. 물론, 믿지 않았기에 장화도 신지 않았고 우산도 가지고 나오지 않았다. 하지만 어처구니없게도 얄궂은 날씨는 미처 준비하지 못할 때마다 비를 내려 준다. 아니 퍼붓는다고 표현해야 맞겠지. 이왕 이렇게 된 거 지하철역까지 맞고 가기로 결심한 나는 빨리 뛰어가면 오히려 더 많이 젖기 때문에 천천히 걸어간다. 그러면서 갑자기 궁금해졌다. 나는 비가 많이 내리면 가장 먼저 느껴지는 감정이 '슬픔'이라서 그런 건지. 지금 내리는 비가 꼭 누군가와 작별한 뒤의 감정 같았다. 얼마나 억울했으면 눈도 감지 못하고 인사도 건네지 못하고 떠나갔을까. 그리고 얼마나 아리고 슬픈 이별이 많으면 이리도 많은 비를 퍼붓는 건지. 그들이 슬픈 건지 듣다 보니 슬픈 거 같은 게 그들 때문이었던 건지. 그저 슬펐다.

일하는 일

"우린 왜 매일매일 일을 해야만 하는 걸까."라고 오른쪽 손으로 턱을 괴며 입을 샐쭉 내민 채 왼쪽을 쳐다봤다. 내심, 일은 굳이 안 해도 된다는 소리를 듣고 싶었는지 작은 기대감과 함께.

"그야 물론 그럴 수밖에 없지. 모든 소비를 위한 시작점이니까?"라며 어떤 감정의 동요도 없이 휴대폰 액정을 쳐다보며 말하는 그 사람. 저 얼굴을 보니 나도 모르게 튀어나온 한 마디. '또 나만 힘들지, 나만'. 그와 동시에 얼마 지나지 않은 과거의 기억까지 튀어 올랐다.

23살 대학교 졸업과 동시에 처음으로 사회생활에 발을 디뎠고, 계약직이었으나 누구보다 열심히 배웠다. 그러다가 재계약을 하지 않고, 처음으로 가장 긴 체류를 시작했다. 먼 나라 유럽으로 배낭여행을 떠난 것. 그곳에서 했던 다양하고 생소한 경험 덕에 두 번째 회사에 입사를 할 수 있었고, 계약과 재계약까지 2년을 다 채우고 퇴사를 했다. 여기까지 '나는 아직 어리니까 다른 기회가 찾아올 거야. 나의 재능이 쓰일 수 있는 곳을 찾을 수 있을 거야.'라고 스스로를 다독거리며 취준생과 백수 생활을 반복했다. 26살 세 번째 직장에서 1년을 다녔고 또 계약 만료 퇴사. 이제는 슬슬 지치다 못해 이런 세상에 환멸을 느낄 때쯤, 드디어 정규직이 보장된 네 번째 직장을 구했고, 다시는 타의로 나가지 않겠다고 다짐하며 하루하루를 소중하게 보냈다. 그렇게 일한 지 한 달이나 지났을까? 매년 건강하기 위해 받아 왔던 검진에서 이상한 결과가 나왔다.

내가 갑상선암이란다. 처음에는 믿을 수가 없어서 웃음이 났다. 전이될 수도 있고 이미 진행 중일 수도 있으니 빠르게 날짜를 잡아서 수술해야 한다는 의사의 말에, 이렇게 열심히만 살아왔던 젊은 내가 왜 암에 걸려야 하냐고 화풀이를 하고 말았다. 시간이 지나면서 현실은 뒤로한 채, 부정하기에 급급했다. 암 판정을 받고 생각하는 시간만 가졌던 것 같다. 나와는 맞지 않는 옷을 입어 결국 소화가 되지 못한 채, 탈이 나 버렸다고. 어떻게 보면 이런 스트레스 때문에 내가 아픈 걸지도 모르겠다고. 충격이 컸던 탓일까. 가장 긴 백수 생활을 했고, 29살에 다섯 번째 직장을 구했다. 그리고 30살이 되었고 정규직으로 전환하면 어떻겠냐는 정식 제안을 받았다. 그동안 기간의 정함이 있는 일을 했지만, 누구보다 열심히 살았다. 그래도 원하는 방향대로 흘러가지 않아, 체념하고 아예 떠날 생각도 했었다. 이제 기한이 없는 곳에서 타의로 인해 퇴사할 일은 없어졌다. 하지만 6년 만에 다시 두려운 건, 내가 과연 얼마나 버틸 수 있는 사람이냐는 거다. contract가 아닌 permanent가 되기까지 6년이라는 시간이 걸렸는데, 이젠 나라는 사람의 그릇이 틀에 박힌 제도랑 얼마나 친해질 수 있느냐가 관건이라는 거다.

이런 회상과 함께 다시 물어봤다.

"친구야, 나는 그럼에도 불구하고 관두고 싶을 때마다 지난 6년을 생각하며 잘 버텨 나가야겠지? 월급은 짜디짠 소금이지만 그동안의 서러움보다는 덜 짜겠지?"라고. 그러니 그는 말했다. "당연하지. 심지어 지금은 타의로 관두지 않아도 되는데, 힘들고 버거워서 관둔다고 하면 사람들이 널 얕잡아 볼걸? 힘내, 친구야."

대기업은 과연 다를까

누구나 한 번쯤은 하는 고민, "나 지금 잘하고 있는 걸까?"

대학교 입학과 동시에 내가 가게 될 회사가 정해질 거라는 말은 믿지도 않았고, 내가 노력하면 끝내 이룰 수 있다고 생각했다.

하지만, 세상은 내가 원하는 방향의 정반대로만 나를 데려가 버렸고, 그렇게 들어간 곳에서부터 나의 거지 같은 사회생활은 시작되었다.

가는 곳곳마다 일은 많고, 어렵고, 모든 게 처음이라 누군가의 도움이 필요한 순간마다 나는 그렇게 혼자 힘으로 해낼 수밖에 없었다. 해냈다기보다는 이겨냈다는 쪽이 더 맞을 것 같다. 원래도 주변 사람의 눈치를 많이 봤지만, 이런 환경 때문에 눈치가 더 빨라졌고, 결국 타인의 도움 없이 모든 일을 해내는 게 가능해졌다. 심지어 기본적인 업무를 막힘없이 이어 나가는 것은 물론이고, 활용도 하게 되고, 변수에 대처하게 되고, 더 나아가서 개선도 시켜 버렸다. 이제는 '해낸다'가 맞겠다. 이렇게 보내는 시간 동안 여러 갈래의 선택지가 있었고, 늘 최선을 다했고 열심히 살아

냈는데 결국 돌고 돌아서 온 건 또 여기였다. 단 한 번도 허투루 선택한 적이 없었는데, 모든 순간 여러 생각을 거쳐 결정한 결론이었는데, 지금 난 또 여기에 있다. 이곳의 사람들은 일에는 관심도 없고 무능하고, 발전하고 싶지 않아 지금 삶에 만족하는듯하다. 이런 사람들이 나의 상사이자 동료인 게 너무 수치스럽고 싫었는데, 돌고 돌아 다시 생각해 봐도 이런 환경에 나도 점점 물들어가는 듯하다. 그래서 조금은 두려워진다. 내 인생에서 불가피한 이유로 쉬었던 기간 빼고는 나에게 있는 노력이란 노력을 사회생활에 송두리째 다 써 버렸다. 이렇게 지낸 지도 벌써 8년이라는 시간이 지나가고 있다. 열심히 했다고 했지만, 결국 다시 생각해 보면 고등학생 때 했던 공부가 중학생 수준의 노력이었나. 그건 또 아닌데, 그때도 밤잠 줄여가며 남들보다 1.5배는 더 공부했다고 자신 있게 말할 수 있는데, 결국 다시 생각해 보면 아침잠을 줄이지 못해서 이런 환경에서 일할 수밖에 없었나 싶었다. 오늘도 난 이렇게 과거의 나에게 책임을 걸고넘어지며 핑계를 대고 있다. 이렇게라도 해야 지금의 나에게 덜 우울해질 수가 있어서. 이렇게 나의 청춘은 울면서 끝이 나 버렸다.

큐알코드

여기 한 어르신이 있습니다. 큐알코드로 나를 증명하는 요즘 시국에 적응하지 못한 모습입니다. '에라 모르겠다.' 싶었는지 그냥 출입문을 지나쳐서 들어가려고 하니 직원이 고래고래 소리를 지릅니다.

"큐알코드 찍어 주세요!!!"

- 그게 뭔지 모르겠다며 머리를 긁적거립니다.

- 그렇지 않아도 많은 인파에 골이 지끈거리던 직원은 친절함을 잊은 채 알아서 하겠거니 무시해 버립니다.

- 아무런 도움도 없이 꽤 오랜 시간 방치되었던 어르신은 다시 무단출입을 시도합니다.

- 다시 직원은 소리를 지르며 면박을 주기 시작합니다. 방법을 모르면 배워서 오든가. 배울 수가 없으면 나오지를 말든가.

한 사람으로 시작된 병목 현상은 여기저기 답답함과 짜증으로 표출되었습니다. 분명 흰색 마스크에 가려져서 눈밖에 보이지 않았지만 확실하게 느껴집니다. 지금 우리와는 다르게 끊임없이 변해가는 지금의 세상은 누군가에게는 몹시 어렵습니다. 어떤 이는 말합니다. 모르면 배워야 한다고 말입니다. 물론, 그 말도 맞는 말이겠지요. 하지만 배우고 싶어도 배울 수가 없는 상황이라면 예를 들어, 귀가 들리지 않아 알려 주는 말을 들을 수가 없거나, 말을 할 수가 없어 누군가에게 물어볼 수가 없거나, 환경적인 요소로 배울 수가 없는 상황처럼 말입니다. 이런 상황이 누구 하나라도 도와주지 않았기 때문에 발생했다고 말하기에는 다소 억측 같지만, 만약 작은 도움의 손길이 있었더라면 모든 사람이 불반을 느끼는 상황은 벌어지지 않았을 거라는 것은 확실합니다. 면전에 대고 민망함을 받았을 어르신에게 단비와 같은 소식이 생긴 듯하네요. 한 청년이 다가갑니다. 무슨 일이냐며 '무엇을 도와드릴까요?'라고 물어봅니다. 어르신은 시무룩했던 표정에서 환희에 찬 표정으로 바쁘게 두 손을 움직이셨습니다.

네, 맞습니다. 어르신은 말을 하지 못하셨습니다. 이 모습을 보던 청년은 적잖게 당황한 듯 보입니다. 하지만, 이내 방법을 찾았는지 수어를 하나씩 관찰하면서 뜻을 조합해 나갔고 해석이 되자마자 어르신의 용무를 해결해 줍니다. 본인이 처리하고 싶었던 일이 해결되었는지 연신 고개를 숙입니다. 청년은 그럴 필요 없다면서 날이 더운데 조심히 가라는 수어를 어느 틈에 배웠는지 어르신의 얼굴을 향해 더듬더듬 보여줬습니다. 그러고 나서 뒤돌아서 가는 청년의 표정은 어딘지 모르게 정겨움과 뿌듯함이 앞서 있었습니다. 이 사건이 종료되기까지 걸린 시간은 약 30분 정도로 전혀 작은 도움이라고 할 수는 없겠지만, 바쁜 일상에 지친 우리여서 타인에게 무관심한 건 알겠지만,

이렇게 도움이 되는 순간들이 차곡차곡 쌓이다 보면 언젠가는 나와 내 가족 그리고 지인들이 그때의 호의에 대한 덕을 보는 날이 오지 않을까요?

라일락

비가 온다, 그것도 아주 많이. 새벽 공기를 느끼면서, 새벽하늘을 바라보며 무작정 걸어 보았다. 넓고 높은 하늘은 잿빛 물감과 무채색 물감을 한데 풀어놓은 것만 같았다. 마치 어느 때의 내 마음처럼. 그래서 난 여고생 시절부터 붉은 태양이 이글거리는 뜨거운 하늘보다, 내 마음을 닮은 잿빛 하늘을 무척이나 좋아했다. 거기에 보너스로 산들산들 상쾌한 바람이 더해지면 세상 무엇도 부럽지 않은 행복이 불어오는 것 같았다.

30년 세월이 흐른 지금에도 똑같은 모습을 한 자연은 나의 감정을 증폭시킨다. 물감이 풀어진 하늘에서 투명한 색채가 내 마음을 타고 내려오는 이 순간. 저절로 나오는 한 마디, '참 행복하다'.

그동안 매일매일 되는 게 하나 없다며, 나만 또 불행하다며 혼잣말로 보낸 1년 중 절반의 시간을 달리 생각해 보았다. 이내 알게 되었다. 꼭 그렇지만은 않다는 것을.

저기 저 전선 줄에 앉아 있는 이름 모를 저 새도 나처럼 비를 좋아하는 걸까? 내리는 비와 함께 리듬에 맞춰 이리저리 움직이며 곡을 쓰는 새를 보다 조금 멀리 시선을 옮기니, 뒤편엔 비를 한껏 머금은 보랏빛 향기 그윽한 라일락꽃이 보인다. 누군가의 말이 떠오른다. 라일락의 꽃말은 첫사랑, 그리고 젊은 날의 추억이라고. 현재에 만족하지 못하는 사람은 미래를 바라볼 힘이 없어 자꾸만 과거를 돌아본다고.

지금의 내가 그렇다. 열심히 살아왔고, 흐트러지지 않고 부끄럽지 않게 살기 위해 노력했지만, 삶이 내 맘대로 되지 않았고 그래서 나에게 칭찬은 못 해 줄망정 '현재'를 있게 한 결정을 후회하며 채찍질만 해 왔다. 그랬던 나에게 이제는 저기 저 꽃을 아름드리 따다 선물할 순 없을까. 과거의 미련은 꽃을 바라보는 데에만 부리고, 지금의 내가 또 부단히 살아갈 수 있도록.

이것도 사랑이라면 사랑이겠지요, 나를 위한 사랑.

오늘 하루는 포스트잇처럼 살았나요?

사람이라면 살면서 한 번쯤은 이 편리한 물건을 써 본 적이 있을 것이다.

학교에서 공부할 때, 회사에서 업무할 때, 타인과 다양한 의견을 공유할 때처럼 사소한 것부터 중요한 것까지 무언가를 표시하거나 메모할 때 필요한 물건이다. 물론, 필수적인 요소는 아니겠지만 크기와 모양새가 다양해서 쓰임의 목적에 따라 취사선택을 할 수 있다는 장점 덕분에 많은 사람은 일상에서 잘 사용하고 있다. 이런 포스트잇을 보고 있자니, 오늘 문득 사람의 마음이 포스트잇과 같으면 얼마나 좋았을까 하는 생각을 해 본다. 나를 좋아해 주고 상처를 주지 않는 사람에게는 강력한 접착제가 발린 포스트잇을 붙여 주고, 그게 아닌 사람에게는 가차 없이 떼어 버리는 것처럼 내가 '관계'에 있어서 수동적인 게 아닌 주도권을 가지기 때문이다.

나는 어릴 때부터 줄곧 인간관계와 사회생활을 하면서 원하는 걸 이루기 위해서는 '강력 접착제'처럼 살아야만 하는 줄 알았다. 나와 맞지 않는 사람과 회사에 기를 쓰고 '열심'과 '노력'이라는 접착제까지 추가해서 악착같이 붙어 있었으니까 말이다. 하지만 이런 악착같음이 나를 괴롭히고 있다는 사실을 최근까지 알지 못했다. 어찌 보면 지나친 기대와 욕심으로 인해 강박 아닌 강박으로 나를 옥죄고 있었나 보다.

그래서 때로는 포스트잇 같이 살아 보고 싶다. 필요할 때만 붙어 있고, 할 일을 다 하면 자연스럽게 떨어지니까. 간혹 떼었다가 접착제가 있었던 부분이 끈적거리다 못해 이리저리 굴러다니면서 묻혀 온 먼지들 때문에 지저분해지기도 한다.

그러니까 너무 잘하려고 애쓰지 않으면서 할 수 있는 만큼만 하되, 여러 시련에 시달리면서 상처받지 말고, 흔적이 남는 경우에는 미련 없이 돌아설 수 있는 자세. 그게 나에게 필요한 것 같다. 찰싹 달라붙어 있다고 너무 자만하지도 말고, 힘없이 떨어져 버렸다고 너무 실망하지도 않는 태도로, 그저 날마다 일정한 리듬으로 살아가자고.

친구라는 새로운 정의

어린 시절 낯을 많이 가리던 나에게는 친구가 별로 없었고, 그래서 아주 외로웠고 초라했다. 누구라도 먼저 다가와 주고 말을 걸어 주면, 나는 세상 그 누구보다 더 많은 사랑을 주고 친절을 주고 호의를 베풀어 줄 수 있는데 아무도 내게 다가와 주지 않았다. 이런 시간이 반복되어 저들도 낯을 참 많이 가리는구나 싶어 체념하게 되었다. 이런 나에게도 봄은 왔고, 다가와 준 친구에게 조심스럽게 물어보았다.

- 길고 길었던 시간 동안 나에게 인사도 안 해 주고 말도 안 걸어 주고 혹시 이유가 있었을까?

- 너는 네가 무표정으로 가만히 있을 때 얼마나 무서운지 모르나 봐. 다가가고 싶었어. 그랬는데 항상 책상에 가만히 앉아 있는 너를 쳐다보고 다가갈 타이밍을 보고 있었는데, 뭐에 집중하고 있는 건지 항상 집중하고 있어서 건들면 화를 낼 것 같아서 다가갈 수가 없었어.

- 아니야…. 다가와 주는 친구가 없어서 외로웠고, 그 외로움을 들키면 내가 너무 만만해 보일까 봐 그냥 열심히 필기하고 예습하고 복습하고 있어서 그런 거였어. 그래도 다행이다. 나를 싫어해서가 아니라, 내가 오해하게 만들어서 다가오지 못했다는 거니까.

- 그래도 지금이라도 친구하고 있잖아. 이따 쉬는 시간에 매점 갈까?

그렇게 친구를 사귀었고, 세상을 다 얻은 것처럼 더 이상 외롭지도 초라하지도 않았다. 하지만 시간이 갈수록 조금씩 싹튼 오해는 왜곡되어 서로에게 상처가 되었다. 그렇게 서로를 떠날 수밖에 없었다. 우리의 마음과 상관없이. 나는 내가 무조건 맞춰 주고 착하게 대해 주면 문제없이 좋게 흘러갈 거라고 생각했는데, 그런데도 나를 싫어하는 누군가는 꼭 생기더라.

이처럼 누군가는 어처구니없는 이유로 멀어지고, 반면 누군가는 또 다른 알 수 없는 이유로 늘 곁에 남아 있었다. 내 곁에 머무는 친구의 존재 가치를 시험하고 증명해 달라고 애걸복걸하지 않아도, 남아 있을 사람들은 내가 쩔쩔매면서 혼자 노력하지 않아도 항상 옆에 머물고 있었다.

그리고 내가 아끼고 사랑하는 친구들은 나의 외로움을 해소해 주는 도구가 아니라 각자가 가지고 있는 외로움을 공유하는 사이라는 것 또한 알게 되었다. 이 모든 시간 속에서 나는, 지난 20년간 나를 괴롭혔던 '친구'라는 난제를 조금씩 풀어 나가고 있다.

소중함이 없는 줄 알았다

"당신의 소중함은 뭐야?"

"나? 예전에는 소중한 게 별로 없었는데, 지금은 '일상'이 소중해졌어."

소중함을 묻는 그에게 담담한 듯하지만 절대 그렇지 못한 '일상'이라는 단어를 꺼내 버리고 말았다. 그래, 우린 익숙했고 또 당연했던 일상의 모든 것을 잃어버렸다. 언제 다시 찾을 수 있을지는 아무도 모르는 그런 일상 말이다.

1. 마스크는 황사와 미세먼지의 습격을 받을 때만, 일반적인 감기에 걸렸을 때, 그리고 치과 진료를 받을 때만 썼던 것 같다. 하지만 지금은 매일 매 순간 써야만 한다. 외출했을 때 사람들이 경멸하는 눈빛으로 나를 쳐다보면 왜 저러는 건가 싶었고, 계속 갸우뚱거리다가 갑자기 싸한 기분이 들어서 손으로 입과 턱을 한번 쓸어내렸다. 아, 망했다.

2. 사회적 동물인 우리는 사람을 만나는 게 좋았고, 만나야만 했다. 사람이 많은 곳은 복잡해서 단순한 짜증만 있었을 뿐, 우리에게는 아무런 방해 요소가 되지 못했다. 오히려 인적이 드문 곳은 그만한 이유가 있을 거라며 남들이 다 가 봤던 곳에 가서 대기하는 게 대부분이었으니까. 하지만 지금은 만나자는 일정도 겨우 잡았고, 장소는 누가 먼저랄 것도 없이 무조건 사람이 별로 없는 곳을 공유하고 있었다.

3. 매일을 치여 살아야만 했던 우리는, 1년에 한 번쯤은 무조건 본인에게 '휴식'을 선물해 줬다. 6개월~1년 전부터 계획하고 준비했던 해외여행 말이다. 그날만을 손꼽아서 기다렸고, 지금 힘든 건 미래의 나를 위해 버티고 버텼다. 하지만 지금은 언제 다시 휴식을 할 수 있을지 아무도 모른다. 치료제와 백신이 나오면 해결되지 않겠냐고 말했던 사람들이 슬슬 체념하는 단계까지 왔으니 말이다.

4. 젊은이들의 축제, 뮤지컬, 연극, 영화관은 가고 싶으면 아무 고민 없이 갔었다. 하지만 지금은 과거 축제에서 춤추고 노래 부르고 소리 질렀던 영상을 재생하고 있다. 심지어 시간이 지나면 지날수록 그 영상의 화질은 점점 흐릿해져서, 나중에 재

생했을 때는 아예 식별할 수 없으면 어떻게 할까 하는 불안감도 있다. 뮤지컬과 연극 그리고 영화처럼 공연계는 어떠냐. 점점 오프라인보다는 온라인이 활성화되고 있다. 이제는 아예 스트리밍 전용으로 제작하여 송출하는 경우가 많아지고 있으니까 말이다.

5. 술은 무조건 신나고 재미있게 마셨다. 하지만 지금은 바이러스의 공포 때문에 오랜만에 만난 친구들과의 만남조차도 그렇게 마음이 편하지는 않다. 시끌벅적하게 웃고 떠들고 울며 보냈던 술자리는 점점 조용해지고, 서로의 건강한 안부를 묻고 이제 이야기를 나눠 볼까 싶을 때 영업시간이 끝났다고 나가라고 한다. 그렇게 내쫓기듯 나온 우리는 예전에는 밤 10시면 2차 가서 놀고먹을 시간이었는데 이게 도대체 무슨 상황인지 모르겠다며 취기가 오른 얼굴로 말했다. 그리고 "언제 보자가 아니라 언젠가는 볼 수 있겠지. 다음에 봐. 코로나 걸리지 말자!"라고 외치며 헤어진다.

이렇게 남들은 가족 아니면 친구 아니면 돈처럼 명확하게 소중함에 대해서 바로바로 말하던데, 평소에는 나한테 소중한 건 없는 것 같아서 의아했었다. 하지만 나의 소중함도 분명히 있었다. 이런 일상의 소중함. 어쩌면 나의 소중함이 지금을 살아가고 있는 모두가 원하는 소중함일 수도 있을 것 같다.

그게 당연한 거야

내가 한계를 느껴서 안녕을 말했을 때, 이미 그 사람에게 어떤 미래가 다가올지 알고 있었을지도 모르겠다.

나처럼 우울하고 부정적인 사람이 과연 사랑받을 수 있을지 6년 동안 고민했고, 처음으로 만났던 사람에게서 내 인생의 '전부'를 느꼈다. 부모가 알려 줬어야 했을 모든 것을 하나부터 열까지 차근차근 알려 줬고, 이후에는 잘 따라오나 확인도 해 줬다. 잘 따라오지 못하는 것 같아도 재촉하지 않고 기다려 줬다. 그렇게 3년이라는 시간이 지나는 동안 그 사람은 음지에 있던 나를 양지로 꺼내 주려 노력하고, 다시 숨어들어 가려고 하는 나의 꼬리를 잡고 놓아주지 않은 덕분에 나는 많이 밝아지고 자존감도 높아질 수 있었다. 아주 조금은.

친구가 없던 나에게 가장 친하고 가까운 친구가 되어 주었고, 오빠 언니 없이 철없는 남동생에게 평생을 양보하고 참고 살았던 나에게 보호받는 것이 무엇인지 알려 준 오빠였고, 나보다 나이가 아주 많았기에 배울 것도 참고할 것도 많았던 그런 어른이었다. 나의 어두움을 본인의 긍정적이고 밝은 모습으로 덧칠해 주려는 사람이었다. 하지만 내가 나이를 먹어갈수록 따라오는 부담감이 있었다. 우선, 나이 차이가 많이 나는 것, 직장이 불안정해서 같이 오래 함께할 수 있겠냐는 부모님의 우려, 대학을 졸업하고 직장을 다니면서 만나게 된 남자 친구에 대해 자랑만 늘어놓는 친구들과 '너는 언제 결혼해?'라는 말과 시선이 점점 부담스러워졌고, 그래도 견뎌 내야겠지 싶었으나 사회생활을 하며 경제력이 생겨가던 찰나 나는 그 사람에게 안녕을 말했다. 결국 친한 오빠, 친구, 남자 친구, 부모의 역할을 해 줬던 그 사람에게 끝을 말하기까지 5년이라는 시간이 걸렸다.

깊은 우울감 그 속에 있을 때 만나, 얕은 우울감, 아니 그보다 더 밝은 어딘가로 나오니 무언가 보이기 시작했기 때문일지도 모르겠다. 이기적이게도. 그 사람이 없었다면 5년 동안 내가 얼마나 어두웠을지 상상하기도 싫다. 지금 이렇게 글을 쓰고 있지 않을 수도 있었겠지. 아무튼, 지금은 어떻게 살고 있을지 모르겠지만, 이미 한 아이의 아빠 그리고 한 여자의 남편이 되어서 긍정적인 기운을 계속 채워 주지 않을까 싶은데, 만약에 그게 아니라면 많이 슬플 것 같다. 시간이 흘러 '나의 아저씨'라는 드라마를 보면서 그때가 다시 생각이 났고, 난 아직도 고맙게 생각한다. 그리고 마음속 한편에서 계속 빌어 주고 싶다. 그 아저씨의 행복을.

이 연애를 끝으로 두 번의 짧은 연애를 했고, 한 번의 긴 연애를 했다. 긴 연애를 함께 한 사람은 늘 편안함을 느끼게 하고, 먼저 좋아한다 고백해 준 사람이었다. 그는 언제나 나의 말을 경청해 주었고, 실수를 반복하지 않으려 노력했고, 친구였던 만큼이나 편했고, 배려가 넘쳤다. 우리 집과는 달리 따듯한 집안 분위기에서 자란 그를 보며 결혼을 결심했다. 그와의 연애는 나에게 새로운 시작이었고, 마지막 사랑이 될 거라는 확신이었다. 하지만 언제부턴가 잦은 다툼이 있었다. 강제적이고 빈도수가 많은 제사와 연세가 많으신 아빠의 부양 문제로 매번 싸우고 결론은 나지 않았다. 결국 2년의 연애 끝에, 나에게 손 내밀었던 그가 나에게 먼저 안녕을 말했다.

그렇게 남이 되어 버렸고, 그래도 친구 사이는 유지하고 싶다는 상호 동의하에 연락은 가끔씩 주고받았다. 하지만 역시 사람은 사람으로 잊어야 한다고, 각자 새로운 사람이 생기면서 서서히 멀어져 갔고 정말 과거의 사람이 되어 버렸다. 그러고 2년이라는 시간이 지났을까? 오늘 지인을 통해 그 사람이 이번 주에 결혼한다는 소식을 전해 들었다.

당연한 사실이겠지만, 결혼한다는 건 내가 외면하려고 했던 문제를 문제라고 생각하지 않는 사람을 만났으니 가능했을 거다. 그때 그 아이의 말처럼 살아온 집안 분위기와 환경이 다르지 않고 완전히 비슷한 그런 사람을 만났으니까.

이렇게 나의 젊은 날의 연애는 다 끝이 났고, 현재 만나고 있는 사람만큼은 내가 먼저 안녕을 말하고 싶지가 않다. 정말로 이 사람만큼은.

질리지도 지치지도 않고 무사하게 그리고 즐겁게 만나다가, 그렇게 가정을 꾸려 평범하게 살고 싶은 마음뿐이다.

그리움이라는 여름밤

10대의 여름밤은 그리움이다. 나 어릴 적 무더위가 기승을 부리는 어느 여름날 밤은, 오지 않았으면 좋겠다가도 반대로 내심 빨리 왔으면 좋겠다고 기다리게 되는 시간이었다. 열대야 때문에 더운 집에 갇혀서 잠 못 이룰 바에는 그나마 장애물이 아무것도 없는 밖에서 버텨 보자는 마음으로 집집마다 불이란 불은 다 끄고 집 밖으로 돗자리 한두 개를 들고나와 삼삼오오 모이는 시간이기도 했으니까 말이다.

물론 누구와 약속을 한 건 아니었지만 동네에 일정한 규칙이 있는 것처럼 펼쳐진 돗자리에는 사람들이 하나둘씩 슬그머니 모여들기 시작했다. 어느 집에서는 자기 몸집만 겨우 들어갈 수 있는 얄팍하고 좁다란 크기의 돗자리를, 또 어느 집에서는 족히 8명은 앉을 수 있는 넓적한 돗자리를 가지고 나왔다. 또 감칠맛 나는 손맛이 밴 음식을 잔칫상 수준으로 싸가지고 나온 인심 가득한 앞집 아주머니, 누가 봐도 술친구가 필요해서 술을 두 손 가득 한아름 안고 나온 흰색 메리야스 차림의 옆집 아저씨, 크고 탐스럽게 잘 익은 여름 과일 수박을 들고나온 아저씨의 딸과 아들까지.

숨 막히고 답답했던 집 보다 다닥다닥 모여 있는 그 밤이 더 시원하게 느껴졌던 이유는, 돗자리에 모여 앉아 어른들은 '사는 이야기'를 하면서 웃고 울었고, 아이들은 부모를 곁에 두고 합법적으로 늦은 시간까지 동네 친구들과 '놀이'를 원 없이 하며 티 없이 웃었기 때문이다.

그때의 어른들은 그대로인데, 이제 그 동네에는 내가 없다. 하지만 이런 경험을 하면서 커 버린 내가 무더운 여름을 견뎌 내는 방식은 크게 달라지지 않았다.

어릴 때나 지금이나 변함없이 돗사리와 남요를 들고 누가 먼저랄 것도 없이 한강으로 모이자고 말한다. 작은 돗자리에 모두가 앉기에는 다소 비좁지만, 그래도 복닥복닥하게 서로의 몸을 부대끼고 앉아, 별일도 아닌데 배꼽이 곧 빠질 것 같아 손바닥으로 배를 눌러 잡으며 까르륵 웃고, 이야기를 듣다가 이거는 정말 별일이라며 꺼이꺼이 소리 내며 우는 밤을 보내고는 한다. 그러고 보니 슬슬 밤에도 더워지던데 여름이 오고 있나 보다.

봄 사랑 벚꽃 말고

작년과 별반 다를 게 없이 집 밖은 너무 추웠다. 집에서는 전기장판으로 온기를 느낄 수나 있지, 밖은 출근과 퇴근을 위해서만 이용해야겠다고 마음먹을 정도로 차가웠다. 그래서 사람을 좋아하는 나조차도 누군가를 만나기 위한 약속을 만들기가 귀찮아졌고, 어쩌다가 취소가 되는 약속에는 서운하기도 하지만 갑자기 편해졌다. 딱히 나갈 일도 없으니, 나는 길었던 겨울 내내 자주 입었던 옷으로 돌려막기를 하며 시간을 보내고 있었다.

여느 때와 다름없이 롱 패딩과 겨울 코트와 겨울 니트를 입고 출퇴근을 하고 있는데, 사람들의 옷은 나와는 대조적으로 한두 겹씩 얇아지기 시작하더니 어느새 외투를 입지 않고 아주 가벼운 모습으로 다니고 있었다. 주위를 둘러보니 어느새 봄이 시작되어 버렸나 보다. 왜 저들은 한없이 밝고 빛이 나는데 왜 나만 이렇게 우중충하고 어두운가 생각해 봤더니, 나만 사랑하지 않고 있더라. 저들은 가장 예쁜 옷을 입은 예쁜 모습을 사랑하는 사람에게 보여 주고 자랑하고 싶어서 매일 옷이 바뀌나 보다. 통상적으로 가을과 겨울은 누군가와 이별하는 계절이라면, 봄은 누군가와의 시작 그리고 새로운 사랑을 상징하는 편이거든. 그런데 나에게 사계절은 온통 겨울뿐인가 봐. 친구들과 대화를 나눠도 온통 사랑하는 사람과의 설렘 가득한 이야기뿐이다. 하지만, 만나는 사람마다 꺼내는 이야기가 '내일은 뭐 하기로 했어.', '그 사람이랑 어디 갈 거야.', '이렇게 하니까 그 사람이 어떻게 반응해.' 등등 현재의 나와는 상관이 없는 주제라서 무료하고 따분하기만 한 시간을 보내는 경우가 점점 많아진다.

미래의 새로운 사람을 위한 대리 만족도 한계가 있는 법이다. 봄이라는 계절의 상징성 때문에 더욱더 나도 그래야만 하는 것 같은 한 철만 반짝거리는 이야기 말고 어디 재미있는 이야기는 없나?

어렸었지, 뭘 몰랐었지, 그땐 그랬지

하루가 멀다 하고 사표를 쓸까 말까 고민하면서 다녔던 회사에서 받은 월급으로 비행기 표를 불쑥 발권해 버렸다. 그러고는 신용 카드의 누적액과 할부 금액을 보며 '아, 퇴사는 절대 안 될 일이구나.'라고 마음을 다잡으며 다가올 여행을 기다리며 버티고 또 버텼다. 심지어 꼰대 같은 상사의 비위를 맞추는 것도, 가기 싫은 회식에 도살장 끌려가는 소처럼 억지로 가는 것도, 내 할 일이 다 끝났어도 이놈의 상사 눈치 때문에 했던 야근도 다 견뎌낼 수 있었다. 그땐 그랬지.

시간이 흐르고 흘러 나는 인천공항에 도착했고, 평소에는 관심도 없던 면세점에서 몇십만 원을 긁으며 이때 아니면 제값 주고 사는 바보가 된다며 스스로를 위안했다. 평소에는 커피를 마시지도 못하지만, 공항에서는 꼭 스타벅스 커피를 사서 의자에 앉아 출국하는 사람들과 비행기가 출발하는 풍경을 구경하면서 남은 시간을 보냈다. 그땐 그랬지.

긴 비행 끝에 나는 이방인으로서 별다른 질문 없이 입국 심사를 받고 들어갈 수 있었다. 모든 게 낯설어 경계심을 거둘 수가 없었다. 공항에서 시내까지 여행용 가방과 나를 데리고 무사히 가는 게 첫 번째 목표였다. 그래서였을까. 초면인 사람들에게 서툰 언어로 나의 목적지를 말하기 시작했고, 친절을 베푸는 그들에게 경계를 풀고 호의를 받아들였다. 그것이 진실된 호의인지 계략인지 구분도 못 했으면서. 그땐 그랬지.

숙소에 도착해서 짐을 내려놓고 가장 편한 옷으로 갈아입은 뒤 카메라와 필름 5통, 핸드폰과 충전기 그리고 가장 중요한 여권과 지갑을 넣은 에코백을 들고 거리로 나갔다. 어차피 혼자 하는 여행이라 나와 풍경이 담긴 사진보다는 풍경 자체를 담는 사진이 더 중요했으니까. 그러고는 무작정 걸었다. 떠나오기 전 모든 계획을 세세하게 짜 왔지만, 지금 감정에 따라 걸어 버린 나머지 실시간으로 나의 계획은 바뀌기 일쑤였고, 무계획으로 걸어 다니다가 나의 시선이 멈춘 곳에 꽤 오랜 시간 머물렀다. 그러다 보니 밥때를 놓쳐서 하루에 한 끼만 먹었던 날도 많았고, 예정했던 대로 출발했어야 안전하게 숙소에 도착할 수 있었는데 더 늦은 시간의 열차와 버스를 타고 숙소로 떠난 날도 있었다. 동양인에 말도 잘 못하는 애가 겁도 없이 돌아다니니, 신기함과 호기심의 눈빛이 쏟아져 무섭기도 했다. 그래도 나는 그렇게 원하는 대로, 자유롭게 여행했다. 혼자 하는 여행을 좋아하고 사랑했다. 그땐 그랬다.

휴가의 끝 무렵, 돌아가기 싫다고 발악하는 발걸음을 설득해서 겨우 한국으로 돌아왔고, 심신이 지쳐갈 때쯤 그리고 자존감이 낮아질 대로 낮아질 때쯤 또 다음 여행을 계획하고는 했었는데 지금은 '그때'의 과거가 되어 버렸다. 참, 시간이 지나가면 다 잊힌다는 옛말이 있는데 다 거짓이더라. 밤새워 과거의 사진첩을 뒤적거리며 추억 여행을 떠나는 게 일상이었고, 그 행동이 반복되었을 때는 조금 지쳤다. 하지만 완전히 싫증이 난 건 아니라서 또 그리워졌고 다시 사진첩과 자동으로 동기화되었던 클라우드를 열어 보는 나를 발견했다. 지금도 이 글을 적어 내려가면서, 많게는 10년 전 적게는 2년 전의 여행을 복기하고 있는데 너무 선명한 기억이다. 내가 어디에 가서 무엇을 먹었고, 보았고, 느꼈는지 사소한 것부터 나의 성격을 변하게 했던 매개체까지 또렷하게 기억이 난다. 예전에는 마음이 생기면 곧장 떠나 버릴 수 있었지만, 지금은 전 세계를 뒤덮은 전염병 때문에 실행에 옮길 수 없어서 상상을 하거나 과거를 이런 식으로 풀어 쓰는 방법밖에 없다. 그땐 그랬지만 지금은 아니라는 것. 오늘도 이렇게 난 떠날 수 있는 미래를 소망하며 행복했던 나의 과거의 한 조각을 꺼내 본다.

독립하고 나서야 알게 된 것

1. 엄마의 사랑은 내가 꼭 부정적인 상황에 놓였을 때만 표출된다

평소에는 아무런 표현도 안 하던 엄마가 내가 아프다고 했을 때, 물론 잔병치레 말고 크게 다쳤거나 병에 걸렸거나 그래서 병원에 입원해야 하고 수술을 해야 한다는 식의 부정적인 이야기를 했을 때만 무뚝뚝함으로 가려져 있던 엄마의 진심이 표현된다. 그리고 하루가 멀다 하고 문자로 사랑 고백을 그렇게 한다. 엄마, 있을 때 잘해.

2. 어머니는 짜장면이 정말 싫었을지도 모르겠다

엄마는 항상 치킨을 시키면 닭의 날개와 목뼈를 그렇게 먹었고, 생선구이를 먹을 때는 눈알이 있는 머리 부분을 씁쓸한 맛이 일품이라고 하며 그렇게 먹었고, 김치를 썰어서 이파리와 줄기가 아닌 꽁다리를 그렇게 먹었고, 과일을 깎으면 가장 온전한 과일의 살 부분은 먹지 않고 제일 빈약한 부분을 그렇게 먹었다. 나는 엄마의 이런 식성이 그저 자식이 예쁘고

맛있는 것만 먹었으면 좋겠기에 우리를 배려한 것이라고 생각했는데, 그게 아니었다. 엄마는 정말 그 부분을 좋아해서 먹어 왔던 거다. 괜히 그동안 죄책감에 뭉클하고 미안해했잖아, 엄마.

3. 비싼 물건은 과거를 더 슬프게 한다

본가에는 내가 초등학생 때부터 고등학생 때까지 사용했던 에어컨이 있다. 고장 난 아주 옛날의 에어컨. 그때 당시에는 에누리도 없이 제값 주고 샀을 테지. 시간이 흐르면서 에어컨의 노화도 시작되었고 결국 고장 났다. 심지어 너무 오래된 모델이라 부품도 단종되어서 나오지 않는다고 그렇게 우리 집의 든든한 더위 사냥꾼에게 사망 선고가 내려졌다. 그래서 우리 집은 아직도 여름만 되면 울면서 한 계절을 버티고 또 버티면서 보낸다.

내가 엄마한테 가뜩이나 좁은 집구석에 왜 작동도 안 하는 애물단지 같은 걸 품고 사냐고 했을 때, 언젠가 부속품을 구하게 되면 그때 고칠 수 있을까 봐 가지고 있는 거라고 했다. 그리고 한 10년이 더 지났을까, 엄마는 이 에어컨이 우리 집이 가장 부유하게 살았던 시절을 회상하게 해 줘서 속이 상해서 버리기가 싫다고 했다. 그렇게 말하니까, 지금 저 에어컨뿐만 아니라 제 역할을 못 하는 식기세척기, 누가 봐도 엄청 고가의 제품일 것 같은 CD 플레이어 등등 앞으로도 가난하게 살다가 생을 마감해야 하는 우리에게 저 골동품들이 슬픈 물건이 되어 버린 것 같잖아, 엄마.

4. 뭐든지 첫 경험이 좋은 기억으로 남지 않았다면, 그 이후에도 도전해 볼 생각을 하지 않는다는 것

예를 들면,

- 초밥과 회를 처음 먹었을 때 그 생선 특유의 꼬독꼬독함이 너무 이상했다. 그래서 회를 안 좋아했다.
- 장어와 생선구이를 처음 먹었을 때 가시가 너무 두껍고 많았다. 결국에는 목에 상처가 났다. 이후로 생선을 안 좋아했다.
- 평소에 바지만 입었고, 치마를 입은 나를 봤을 때는 뭔가 낯간지러워 보였고 다시 바지를 챙겨 입었다. 그래서 치마를 안 좋아했다.
- 조개구이를 처음 먹었는데 다음날 바로 식중독에 걸려서 1주일을 고생한 기억이 있다. 구토에 설사에 결국은 탈수 증상까지 왔었지. 그래서 해산물을 안 좋아했다.

그 밖에 내가 어색해했던 모든 첫 경험은 낯설고 두려워서 나랑 맞지 않고 내가 좋아하지 않고 그래서 거리를 두고 살았다는 거지.

내 방을 여행하는 법

나는 확실하게 말해 두지만 집순이의 체질은 아니다.

평일은 어차피 지옥 같은 출근과 퇴근을 반복하기 때문에 별일 없는 하루가 맞지만, 주말만큼은 항상 어디로든 떠나려 하는 사람이다.

하지만 2019년 12월부터 나의 삶은 완전히 달라졌다. 평일이나 주말에는 '떠나 볼까?'가 아니라 '언제쯤 떠날 수 있을까?' 생각하며 내 방을 여행하고 있기 때문이다. 이곳에서 자주 하는 여행은, 책 읽기다. 평소에 책을 좋아하지는 않지만 독립 출판을 경험하고 나서는 장르의 편식 없이 많고 다양한 책을 읽어 보려고 노력한다. 소설 속에서 살인 사건을 추리하는 담당 형사와 공조하기도 하고, 인생은 원래 힘들고 쓴맛이 가득하지만 가끔 누리는 행복으로 참고 산다고 말하는 작가의 말에 동조했다가도 부정하기도 하고, 내 담력으로는 절대 도전해 볼 마음도 없는 히말라야와 에베레스트의 정상에 올라서 보기도 하고, 여행 영상을 재생시켜 놓고 내가 그동안 가 보고 싶었지만 아직 가지 못했던 여행지를, 먼저 갔다 온 선배 여행자의 시선으로 같이 따라다니며 사전 답사도 한다. 아, 지금은 점심시간인데 이제 막 크로아티아에 도착했다. 한국은 여름이 시작되었는데, 여기는 덥지도 춥지도 않고 딱 좋네.

집순이는 아니었지만 타의적으로나마 이런 시간을 갖게 된 게 나에게는 어쩌면 다행인 것만 같다. '방법이 없어. 이 방이 내 전부. 그럼 뭐 여길 내 세상으로 바꿔보지.'라는 노래 가사처럼 비련의 여주인공이 되어 울기도 하고, 비가 오면 빗소리 들으면서 독백으로 연기를 해 보기도 하고, 작가처럼 흘러내리는 안경테를 계속 올리며 머리를 질끈 묶고 커피보다는 맥주를 마시며 타이핑을 쳐서 글을 쓰기도 하고, 영어 강의를 틀어 놓고 혀에 버터를 발라 놓은 것처럼 쉐도잉 연습을 하며 해외에서 몇 년 살다 온 교포인 척도 해 볼 수 있는 유일한 시간이니까.

나는 그동안 회사에 다니면서 힘들 때마다 퇴사 대신 여행을 선택했고, 그렇게 모은 돈으로 싸돌아다니기만 했다. 그곳에서 자아 성찰도 했으니 돈만 축내지 않고 무엇인가를 얻어 오는 시간이 되었지만, 딱 머무른 기간만큼의 깊이로만 얻어 왔고 변해 와서 조금은 아쉬웠다. 그러나가 지금은 기한의 정함이 없는 내 방에서 여행을 하고 있으니, 사면으로 꽉 막힌 몇 평의 공간으로부터 위로를 받고 그동안의 나의 삶을 되돌아볼 수 있는 주옥같은 시간이 되었으면 좋겠다.

나의 일탈

나는 평소에 '뭐 재미있고 신나고 흥분되는 그런 일 없을까?'라는 생각을 하기보다는, 오늘 하루도 무사히 무탈하게 보낼 수 있도록 기도를 하는 편이다. 남들이 말하는 일탈에는 때로 마약, 도박처럼 일상생활에서는 범접할 수 없는 난이도의 일탈이 많아 더 그럴 수도 있겠지만, 그저 하루가 소란스럽지 않게 마무리되었으면 했다.

그럼, 내가 생각하는 일상적인 수준에서의 일탈은 뭐가 있냐고? 나의 일탈은 되게 소박하고 단순해서 일탈이라고 쓰기에도 민망하다. 정말 힘들고 괴로움에 지쳤을 때, 속도 모르고 아침은 언제나 그렇듯이 밝아 온다. 밤새 생각만 하다 보니 벌써 토요일이라는 것도 너무 우울하다. 바람 좀 쐬고 올까 싶어서 바로 표 끊고, 기차역 가는 동안에 숙소를 찾고, 기차에 타 숙소를 예약해서, 도착하면, 항상 그런 나를 반겨 주는 건 드넓은 바다뿐이었다. 바다에 앉아서 짠내도 맡고 갈매기도 구경하고 공허함을 느끼다 보면, 갑자기 커피가 먹고 싶어진다. 소금기에 절여지고 모래바람에 장난 없이 흩날렸던 머리를 정돈하고자 근처 사람이 없어 보이는 카페를 찾아 들어간다. 그곳에서도 바다를 바라보면서 책을 읽다가, 집중이 되지 않아서 노트북을 꺼내 이리저리 흐르고 있는 감정을 적어 내려간다. 그러다 보면 벌써 해가 저물기 직전이다. 그럼 또 나가서 일몰을 기다렸다가 보고 예약해 놓은 숙소에 들어가서 배달 음식을 주문해 놓고, 근처 편의점을 찾아 걸어간다. 거기서 물과 음료수 그리고 절대 혼자 온 거라고는 볼 수 없는 양의 술을 봉투에 퍼 담는다. 뜨끈뜨끈한 음식에 소주가 들어가니 몸은 더 뜨거워지고, 머리는 더 차가워진다. 더 이상 '생각'하는 데에 시간을 소비하고 싶지 않아서 남은 맥주를 토할 것 같은데도 부어 버린다. 이제 좀 머리가 덜 돌아가는 것 같아 음악을 틀고 밤바다를 창문을 통해서 바라본다. 파도가 치는 수면 위에 빛이 반사되어 일렁거린다. 테이블 위에 있는 향초의 그림자 또한 벽면에서 일렁거리며 춤을 추고 있다.

이 모든 행동을 누군가와의 연락도 없이 혼자 즐기며 보내는 시간이 나에게는 일상에서의 일탈이다. 정해진 영역에서 벗어나는 그 순간만큼은 무엇이 되었든지 일탈이 될 수 있다.

어른들의 보조제

"아빠, 아빠는 왜 그렇게 매일 술에 절어 살아요? 뭔가 불만이 있으면 말을 하면 되잖아요."

"딸이 보기에도 아빠가 술을 좋아해서 마시는 것 같아?"

내가 지금보다 어릴 적, 매일 저녁 술을 마시는 아빠를 볼 때면 늘 물어보았나. 아빠는 술을 좋아해서 마시는 게 아니라 자고 싶어서 마시는 거라고 했다. 아니 어린 나로서는 이해가 가지 않았던 말이었다. 자고 싶으면 그냥 자면 되지 않나. 술을 마시면 머리가 아프고 어지러운데 어떻게 자기 위해서 술을 취할 때까지 마신다는 걸까.

나는 아빠가 단순히 술을 자주 그리고 많이 마셔서 불만이 있었던 게 아니다. 술을 마시는 분명한 이유가 없이 물 마시듯 벌컥벌컥 빠르게 마셨기 때문이고, 혼자 취해 버리는 게 보기 싫었기 때문이다. 그 후로도 아빠는 매일 저녁 퇴근길에 소주 2~3병을 사 왔고, 냉장고 여기저기에 몰래 숨겨 놓았다가 엄마에게 걸려서

툭하면 싸웠다. 아니, 그중에는 내가 엄마한테 고자질해서 걸린 적도 있었지. 지금 생각해 보니 아빠한테 미안해지네…. 우리 엄마는 원래도 술을 못 마시기 때문에, 연애 시절에도 아빠 혼자 술을 마셨다고 한다. 하지만, 결혼하고 더 많은 술을 혼자 마셨고, 혼자 모든 감정을 꾹꾹 숨겨 왔다고 했다. 이후 술을 마셔야지만 평소 무뚝뚝했던 아빠의 입이 열리고, 열리는 순간 그동안의 감정이 표출되고, 너무 솔직해져서 서로에게 상처를 주는 시간이 되기 때문에 술 마시는 아빠가 좋게 보이지가 않았다. 기분이 좋고 분위기도 좋아서 엄마와 아빠 둘이 술을 마시더라도 끝은 꼭 싸움으로 끝났다고 했다. 그래서 다음 날 엄마가 아빠를 맞이하는 인사말은 '어제, 당신이 나한테 뭐라고 했는지는 기억은 나?'였다. 하지만, 술을 마신 다음 날 아빠의 입은 언제나 그랬듯이 자물쇠처럼 굳게 잠겨 버렸다. 이런 모습을 보는 자식도 답답한데, 한평생 살았고 앞으로 더 살아야 할 사람은 얼마나 속이 탈까 싶었다.

하지만 어느 순간부터 다른 시선으로 바라보게 되었다. 그 시점이 내가 돈을 벌게 된 그때부터였을 거다. 술을 먹는 행위가 아빠의 하루를 위로해 주는 행위라고. 주량이 약한 나조차도 사회생활을 하면서 느꼈던 분노와 억울함 그리고 우울함을 친구와 술을 마시면서 털어냈으니까.

이 맛도 없는 술에 어른들은 왜 이렇게 의존할까. 의존하다 못해 중독까지 되어 버릴까 싶었는데, 어찌 보면 술을 마셔서 그동안 느꼈던 감정을 마비시키려는 게 아니었을까. 마비가 되어 버리니 받았던 스트레스를 복기하지 않고 잠에 들 수 있으니까 말이다. 그래서 현실을 잠깐이라도 도피하며 자신을 위로해 주고 싶었던 게 아니었을까. 그동안 쌓여 있던 스트레스를 누구에게 말도 못 하고 혼자 앓고 있다가, 술이라는 윤활유를 이용해서 그제야 속마음을 고백하고 싶었던 게 아니었을까. 이런 걸 이해하지 못했던 어린아이가 '어른'이 되었고, 그 '어른'은 도피처로 '술'을 선택했던 거다. 그래도 '술'이라는 도구가 자신의 잘못을 정당화해 주지는 못한다. 그저 '보조제'일 뿐.

진심일 때 진실이 보인다

1. 기다리던 전화는 결국 오지 않는다

평소에 나는 남들에게 먼저 연락을 하는 편이었다. 대소사를 가리지 않고 그들에게 '관심'과 '애정'이 있음을 표현하는 편이었다. 대화가 끊임이 없고, 다음에 만나자고 말만 하는 게 아니라 바로 약속을 잡았고, 서로에게 일어나는 모든 일에 대해서 공감을 주고받았다. 그래서 나는 내가 그들을 생각하는 만큼, 그들도 나를 깊게 바라보는 줄 알았다. 그런데, 그들에게 이런 나는 그저 '관심을 주는 사람'에 불과하다는 걸 깨닫고 말았다. 굳이 얼굴을 보고 웃고 떠들지 않아도, 텍스트로 나누고 있는 감정에도 만족하고 있었다. 그들은, 바쁘다고 했고, 점점 만나는 횟수가 줄어들었다. 새초롬하게 있던 나는 결심했다. 먼저 연락하지 않기로. 아쉬우면 연락하겠지 싶었거든. 시간이 흘렀고, 기다리던 전화는 결국 오지 않았다.

2. 아무리 정신없고 바빠도 시간은 낼 수 있다

기다리던 전화가 오지 않자, 나는 혹시라도 내가 뭘 잘못해서 그런 건가 싶었고 나의 예전 모습을 다시 생각해 봤다. 그땐 제삼자가 말해 줬던 모든 충고와 조언이 내 귀에 들어오지 않았다. 인정하기 싫었기 때문에, 그동안 상대방을 위해 온 힘 다해 배려하고 맞춰 줬던 내가 너무 병신 같아서 아니라고만 잡아떼 버렸다. 하지만 이미 벌어진 상황에 혼자 던져졌고, 혼자 생각할 수 있는 시간이 주어졌기 때문에 그제야 과거의 이야기가 내 안으로 들어올 수 있었다.

- 너한테 엄청 친한 사람이 있는데, 네가 아무리 정신없고 바쁘다고 그 사람을 안 만나? 그 사람이 꼭 먼저 연락해야지만 만나? 그 사람이 힘들다고 술 마시자고 해도 바쁘다고 다음에 보자고 말할 거야?
- 아니, 바쁘면 바쁜 대로 하다가 약속 시각까지 못 끝낼 것 같으면 다음 날 야근해서라도 하고, 일단 그 사람을 만나러 가야지.
- 거봐, 알고 있잖아. 그 이야기가 어떤 의미가 있는지. 아무리 정신없고 바빠도 시간은 낼 수 있어.
- 맞네, 바쁜 건 모두가 바쁜 건데…… 바쁘니까 다음에 보자고 하면서 다른 사람들은 잘만 보더라고. 그 사람은 나를 '거

기까지'의 인연으로 생각하는 거구나.

- 이제 알았으면, 아니 이미 알고 있었는데 내내 부정하느라 고생했다. 앞으로는 이해했으니까 다시는 너 혼자만 기대하고 아파하는 일 없었으면 좋겠다.

3. 상대방에게 진심을 다할수록 상대방의 진실이 보인다

이렇게 온 마음을 다해 상대방에게 호의를 베풀다 보면, 그 마음을 고맙게 생각해서 나를 한 번 더 생각해 주는 사람이 있는 반면, 그동안 내가 했던 모든 말과 행동을 당연하다는 것처럼 받아들이는 상대방에게 내가 '노력하기'를 멈춰 버리면, 그전에는 보여 주지 않았던 상처 주는 행동과 말을 내뱉는 사람도 있다. 결국, 상대방에게 진심을 다할수록 상대방의 진실은 보일 수밖에 없다.

왜 꼭 깔끔해야 하나?

나는 성격이 급하면서도 또 원하지 않은 것에는 느린 편이다. 가장 대표적으로는 정리할 때 많이 게으른 편이다.

- 물건이 이곳저곳 널브러져 있기는 하지만, 구분되어 있고,
- 옷이 사방팔방 분산되어 있기는 하지만, 당장 내일 입을 옷들이 나의 동선마다 있을 뿐인 거고,
- 청소를 자주 안 하기는 하지만, 눈앞에 보이는 곳곳마다는 치우는 편이다.

그런데 왜 다들 깔끔해야만 할까. 나는 충분히 만족하고 잘 살고 있는데, 왜 항상 나를 보고 정리 정돈을 잘 못 한다고 잔소리를 하는 걸까. 어릴 때는 엄마가, 커서는 친구들이 이런 나를 신기해하면서 겉과 속이 다른 것 같다고 했다. 난 그게 아니라 아직 불편하지 않은 것뿐인데. 그들이 생각하는 정리와 내가 생각하는 정리의 기준이 다른 것일 뿐인데.

내가 불편한 건,

- 원래 있었던 자리로 돌아가야 하는데 그렇지 못한 경우 불편하다.
- 분리수거를 하는데 제대로 분리가 되지 않으면 불편하다.
- 싱크대의 조리대는 항상 깨끗해야 하는데 너저분할 때 불편하다.

이처럼 나도 불편함을 느낄 땐 정리를 빠릿빠릿하게 하는 편인데, 고작 물건이 쌓여 있어도 구분은 되어 있고, 고작 옷이 걸쳐져 있지만 당장 내일 입을 것들이고, 고작 청소의 빈도가 낮지만, 눈앞은 치우면서 사는 건데 이게 뭐가 이상하다는 건지 모르겠다.

이제부터는 내가 생각하는 그들의 이상한 점을 말해 볼까 한다.

- 그들은 모든 옷이 계절별로 분류가 되어 있어야 한다고 했다.
- 그들은 냉장고에 들어있는 모든 음식이 투명하게 보여야 한다고 했다.
- 그들은 화장대에 있는 모든 화장품이 종류별로 분류가 되어야 한다고 했다.
- 그들은 물건이 중구난방으로 쌓여 있는 게 아니라 구분 지

어져 있어야 한다고 했다.

- 그들은 모든 물건이 밖으로 나와 있어서는 안 되고 어딘가에 다 들어가서 깔끔하게 보여야 한다고 했다.

마찬가지로, 난 위와 같은 상황이 전혀 불편하지 않다. 그래서 느린 것뿐이다. 단지, '다르다'와 '틀리다'의 사고방식에서 발생한 것뿐인데, 정리를 자주 안 하거나 못하면 이상한 사람이고 게으른 사람이라고 생각하는 그 생각을 바꿔 보면 어떨까 싶다.

지나친 계획 그리고 강박

나는 계획 세우는 걸 좋아한다. 여행을 가고 싶다는 생각이 들자마자 어떤 곳을 가고 싶은지 생각을 해 본다. 그러고 나서 장소가 정해진다면 그때부터 자료 조사를 미친 듯이 하기 시작한다. 항공권의 발권부터 해서 어느 관광지를 언제 갈 것인지 최적의 경로를 찾아본 뒤에 경로를 세세하게 적어 둔다. 그리고 나서야 내가 묵을 숙소를 찾아볼 수 있다. 내가 선택하는 숙소의 가장 중요한 기준은 대중교통을 이용하기 편한 위치에 있고, 여자 혼자 다니기에 위험하지 않은 곳이다. 후기를 찾으면서 정보를 수집한 뒤 최종 선택을 앞두면 3~4곳으로 추려지는데, 배낭여행자라서 어쩔 수 없이 가격이 합리적인 곳으로 선택하고 만다. 그다음으로는 국경 간 이동 수단에 대해서 찾아보고 예약을 해 둔다. 여기까지 끝내는 데 거의 한 달은 걸린 것 같다. 그리고 여정이 다가올 때까지 설레는 마음으로 기다린다.

하지만 계획은 계획일 뿐이다. 당연한 거다. 어떻게 사람이 계획한 대로만 이루어질 수가 있을까. 그때는 미래에 어떤 일이 벌어질지도 모르고 현재를 기준으로 계획해 뒀기에 모든 것들에는 항상 변수가 발생하기 마련이다. 그래서 벌어진 변수에 당황도 하고 자책도 하고 또 해결하고 나서는 뿌듯함을 느끼기도 할 거다. 동시에는 별거 아니네. 괜히 겁을 먹었었다고 생각할 수도 있을 거다. 내가 이렇게 떠나기도 전에 모든 것을 계획하는 건, 나의 신중한 성격일 수도 있겠지만 어떻게 보면 자존감이 낮고 자신감이 부족하기 때문일 수도 있을 것 같다. 시간과 돈을 투자해서 어떤 특별한 경험을 하고 와야지만 남들이 했던 경험과 비슷할까 하는 생각을 하지 않았다면 거짓말이니까. 동시에 실수 없이 완벽해야 한다고 생각하지 않았다면 거짓말일 테니까. 항상 내가 타인의 여정을 부러워하는 것처럼, 내가 노력해서 이루었던 경험을 또 다른 타인이 부러워해 줬으면 좋겠다. 그래서 나는 여태 어떤 일의 결과물을 내는 것보다는 그 일을 시작하기 위한 계획을 세우는 데 더 많은 시간을 들인다.

아마 끝맺음을 잘하지 못하는 것도 이런 이유 때문이겠지. 나에게 자신이 있었다면 끝을 내기도 전에 지치지는 않았을 텐데, 초반에 너무 큰 힘을 빼 버렸다. 이제는 적당함을 가지고 살아가기를 소망해 본다.

코로나 캠핑

평소에 캠핑에 관심은 있었지만, 딱히 가지 않아도 충분했기에 좋아하지 않았다. 하지만 2019년이 끝나갈 무렵에 아주아주 못되고 사나운 전염병이 시작되었고 여전히 현재 진행형이다. 그러면서 예전 같았으면 절대 그 금액을 받아서도 안 되고 납득도 되지 않던 컨디션의 숙소 금액이 급격하게 올라가 버렸다. 이런 기이한 현상은 뉴스에서도 그대로 전해졌으며, 화면 속에 나오는 그들은 한 철 장사로 남은 계절을 먹고 사는 사람들인데 발길이 끊겨 매출이 줄어들었다는 앓는 소리와 함께 울상이었다.

정말 그럴 수도 있겠지만, 나는 핑계와 변명으로밖에는 들리지 않았다. 그때도 이미 말도 안 되게 바가지를 씌워서 장사해 놓고 이제 와서 힘들다고 말하니 참 코미디가 따로 없었다. 머리는 식히러 가고 싶고 비싼 돈을 지불하면서까지 가고 싶지가 않았다. 이런 상황이 도화선이 되었을까? 돈도 돈이지만, 우리끼리 마음 편하게 있을 수 있고 그때만큼은 마스크의 족쇄에서 해방될 수 있는 캠핑에 대한 관심이 커졌고 결국에는 하나둘씩 캠핑 용품을 사 모으기 시작했다. 텐트를 중고로 구입하고, 테이블과 체어 그리고 기본적인 것들만 사서 처음으로 떠난 캠핑은 단순하지만 전혀 단순하지 않았다. 선착순으로 자리를 잡고 텐트를 치고 내부에 용품들을 때려 넣고 정리하고 이제 커피 한잔 마시면서 책이나 읽어 볼까 싶으면 날이 저물기 직전이었다. 해가 지기 전에 빠르게 음식을 해서 술과 함께 넘겼고, 분위기에 맞는 잔잔한 노래를 들으며 잠깐 감성적으로 변했다가 취기를 빌려 그간 전하지 못했던 진심 그리고 힘들었던 마음을 툭 터놓을 수 있는 시간을 보냈다. 시간이 지나면서 불빛이 점점 가늘어지던 하늘에는 서울에서는 볼 수 없던 무수히 많은 별이 우리를 둘러싸고 있었고, 이 순간이 끝나는 게 너무 아쉬워 자야 할 시간에 잠을 참아가며 버텼다.

이렇게 캠프장에서의 하루가 끝이 나면, 꼭 다음 캠핑 때는 반드시 책 한 권을 읽겠어, 여유를 즐기겠어, 커피 마시면서 경치를 구경하겠어, 등등 또 이루지도 못할 다짐을 하면서 현실로 복귀하고는 했다. 지금 나에게 캠핑은, 안에서는 당연한 것들이 밖에서는 소중하게 느껴지는 매력적인 활동으로 변해 버렸다.

계곡보다 바다

계곡은 어릴 때부터 무슨 이유 때문인지는 모르겠지만 음산하게 느껴졌다.

이런 나에게 분명 겉에서 볼 때는 바닥이 훤히 보일 만큼 물이 맑은데 뭐가 음산하냐고 말하겠지만, 적어도 나에게만큼은 언뜻 보면 얕아 보이는 그 속에서 어딘가 모르게 음침함이 밀려온다. 실제로 내가 어렸을 적 가족들과 시골의 계곡에서 놀다가 물놀이를 하던 다 큰 성인이 갑자기 중심을 잃고 어디론가 빠르게 휩쓸린 모습을 본 적이 있는데, 그 사람은 안타깝게도 살아서 나오지 못했다. 심지어 살려달라고 울부짖던 소리부터 미친 듯이 발악을 하던 사람이 갑자기 잠잠해지고 아무런 힘이 없이 축 처진 모습으로 둥둥 떠내려가는 모습까지 어린 나이에 두 눈으로 볼 수밖에 없어서 더 무서웠다. 그때 엄마와 할머니 말로는 요천수에는 수심이 낮아 보여도 군데군데 갑자기 동굴 입구처럼 움푹 들어가는 곳도 있고, 소용돌이처럼 물이 도는 부분도 있다고, 예전에도 여름만 되면 이런 사고가 비일비재했다고 한다. 엎친 데

덮친 격으로 장마철에 사고가 나면 미처 사람을 찾지도 못하는 경우가 많았고 그 한이 서려서 물이 급하게 꺾이는 부분에는 냉기가 가득하다고 했다. 다시 생각해 봐도 몸이 으스스한 것이 아직도 무서운가 보다. 그래서 나는 센 파도에 맞고 그대로 밀물과 썰물에 몸이 종잇장처럼 나부껴서 죽을 뻔했어도 바다를 더 좋아한다. 이런 유년 시절 경험도 있고, 성인이 되어서도 계곡은 뭔가 계속 가기를 꺼렸다. 물이 깊은데 왜 못 뜨는 거지? 하는 의문을 품었었는데, 민물에서는 나의 힘 없이는 부력도 없다는 걸 안 순간, 단순한 사실이 제일 무섭게 느껴졌다.

생일을 축하해 줘

생일엔 축하를 받고 싶다. 오롯이 나를 생각한 시간과 마음이 담긴 선물을 받는 일도 좋다. 생일날 하루만이라도 내가 주인공이었으면 좋겠고, 이 세상의 모든 행복이 나에게 스며들었으면 좋겠다. 이러한 소망은 어찌 보면 과한 욕심일 수도 있다.

하지만, 내 작은 소망에는 그럴만한 이유가 있다. 나에게 지인들의 생일은 단순한 축하를 보내는 날보다는 조금 더 깊은 의미가 있는 날이다. 고맙다, 미안하다 하는 말에 서투른 나로서는 생일 선물이란 고마움을 표시할 수 있는 사소한 핑계가 된다.

생일이라는 아주 좋은 핑계를 빌려, 평소 고마웠던 사람의 생일엔 꼭 문자를 보낸다. 마음을 꾹꾹 담아서. 마음을 담아 생일을 축하한다는 말로 시작하여, 태어나 줘서 고맙다고, 그리고 내 친구가 되어 주고 아직도 내 곁에 있어 줘서 고맙다고. 앞으로도 더 재미있게 놀아 보자고.

이래서 나도 사람들에게 생일 축하를 많이 받고 싶다는 것이다. 축하를 많이 받는다는 건, 나도 주변 사람들에게 꽤 잘해 주고 있구나 하고 인정받는 느낌이니까. 그래서 행복하니까.

그래서 하는 말인데, 지금 이 글을 읽고 있는 모두에게 말해주고 싶은 게 있다….

"다 알고 있어. 매일을 치열하게 보내는 것도, 어제보다는 덜 고단해지려 부단히 노력하고 있는 것도, 그래서 인정받았으면 하는 마음도, 노력의 대가를 바라는 마음도. 내가 쏟은 마음만큼이나 내게 쏟아지는 마음을 은근히 기대하고 바라는 마음도. 누구나 그렇다는 것을. 이런 소망을 너무 부끄러워하지는 않았으면 좋겠어. 내가 사랑하는 사람들로부터 조명을 받아, 눈부시게 찬란한 사람이 되고 싶은 것도 자연스러운 거니까."

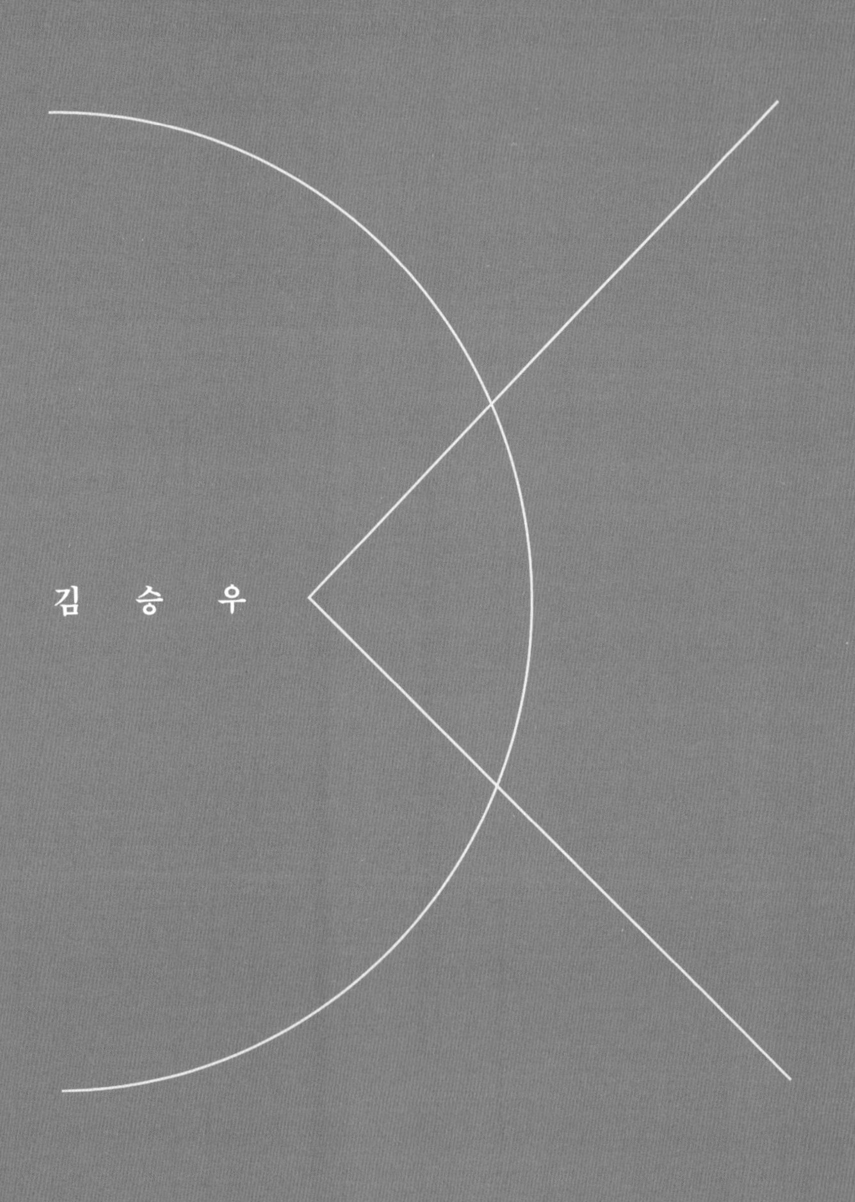
김 승 우

작가 소개

강강약약(强强弱弱)을 삶의 모토로 삼고 있으나 아직은 머리로만 잘 이해한다. 자기애가 200%인 아닌 척 하는 관종, 아닌 척 하는 겁쟁이다. 스스로 벌여 놓은 분야가 다른, 여러 일에 파묻혀 지내는 일부자다. 현생에서 직업 100개를 가지고 싶은 꿈 부자지만 그러기에는 깊은 감정에 빠져 자주 허우적거리고 늘어 가는 역마살로 숨쉬기 버거운 30대다. 바쁘다는 핑계로 사랑하는 사람들을 잘 못 챙기고서 늦은 밤 혼자 몰래 우는 울보다.

INSTAGRAM @pinguxxi

아빠의 밤

'밤'이라는 단어를 떠올리면 나는 아빠가 생각나. 평소엔 툴툴거리고 기가 센 무서운 딸이지만 밤만 되면 감성적이고 여린 딸, 그제야 한낮의 예민했던 실비아가 착한 실비아로 돌아와. 아빠도 알다시피 나는 이렇게 늦은 밤에는 가끔 감정의 폭이 너무 깊어져 더 깊은 곳으로 빠져드는 스스로를 알아차리고 붙잡아야 할 때도 있어.

아빠 기억나지? 길을 걷다가, 지하철에서, 버스 정류장에서 어디서든지 군밤을 그냥 지나치지 못하고 꼭 3천 원어치 사서 어린 우리에게 나눠줬잖아. 가끔은 우리가 '설마, 또?'라는 눈치를 주면 못 본 척 무거운 발걸음을 이끌고 한참을 걸으면서도 아빠의 큰 두 눈은 멀어지는 군밤 아저씨를 애절하게 향해 있기도 했어. 그 모습이 웃음이 나면서도 괜스레 마음이 아파서 어렸을 때 길을 걷다가 밤이 나오면 무조건 사서 아빠를 줘야지 하고 생각했던 적도 있는데. 그런데 슬프게도 시간이 갈수록 아빠가 좋아하던 군밤을 파는 아저씨는 서울에서는 마주 치기가 쉽지 않더라고.

제삿날이면 큰집에서 아빠는 항상 밤 칼을 들고 밤을 깎았어. 깎다가 한 입 맛을 보고서는, 나한테 또 한 개씩 건네주곤 했었는데. 딱딱한 밤은 이가 아파서 그렇게 좋아하진 않았지만 아빠가 바로 깎아서 주는 밤은 덥석 받아먹었던 기억이 나. 아빠의 크고 투박한 손안에 있는 밤이 어찌나 작았던지 한입에 넣어 놓고 나서야 밤이 작지 않다는 걸 알았어.

최근에 밤을 깎아 냈던 그 큰 손이 많이 그리워서 한참을 바라본 적이 있어. 생각했던 것보다 크지 않아서, 주름진 그 손이 너무 야윈 것 같아서 솔직히 말하면 나 너무 슬펐어. 그 많은 큰 밤들 중에서도 하필이면 아빠가 아주 작은 밤을 깎는 날에 내가 아빠의 손을 본 거라고 나를 위로하다가 이렇게 깊어진 밤이면 결국 눈물을 쏟고 말아.

아빠의 오늘 밤은 어때?

오늘도 밤을 먹었는지, 군밤인지, 찐 밤인지, 너무 더워서 오늘은 밤이 없는 밤을 보내고 있는지 궁금해.

오늘 밤은 정말이지 아빠와 같이 밤을 먹고 싶은, 아빠가 정말 정말 보고 싶은 밤이야.

밥벌이의 무게

> *전기밥통 속에서 밥이 익어 가는 그 평화롭고 비린 향기에 나는 한평생 목이 메었다. 이 비애가 가족들을 한 울타리 안으로 불러 모으고 사람들을 거리로 내몰아 밥을 벌게 한다. 밥에는 대책이 없다. 한두 끼 먹어서 되는 일이 아니라, 죽는 날까지 때가 되면 반드시 먹어야 한다. 이것이 밥이다. 이것이 진저리 나는 밥이라는 것이다.*
>
> *- 김훈, 〈밥벌이의 지겨움〉 中*

신입 사원 때는 직장 상사를 험담하기에도 하루가 부족했는데, 직장인으로서의 시간이 지날수록 그들에게서 우리 아빠의 모습을 읽는다. 사회생활을 하다 보면 가끔, 아니 어쩌면 매일 쥐꼬리만해진 자존감을 억지로 데리고 출근길에 올라야 하고 끝이 보이지 않는 낭떠러지로 한없이 떨어지는 기분이 들 때가 있는데 우리 아빠 그 오랜 시간을 어떻게 버텨 내셨을까, 몇십 년을 직장인으로서 어떤 마음으로 사셨을까 생각하면 코끝이 찡해진다.

일을 하다 보면 외적, 내적 갈등의 발생은 어쩔 수 없는 터. 윗사람과 사이가 틀어졌을 때 보통 나는 겉으로는 아무렇지 않은 척 평소처럼 행동하지만 속은 두근두근, 곧 터질 것마냥 어쩔 줄을 몰라 한다. 똑똑하지만 그만큼 자신의 주관도 강한 팀장님 한 분과 3개월간 서로 아무 말 없이 눈치만 보며 지낸 적이 있다. 한창 일이 바빴고, 바쁜 만큼 쌓인 스트레스를 억지로 욱여넣고서는 여느 때처럼 야근을 하고 있었는데 팀장님도 하필이면 야근을 하고 있었던 것이다. 그 큰 사무실에 단둘이서, 그 어마어마한 적막감을 무시한 채 서로의 일에만 집중하는 척을 했다. 그냥 집에 갈까 하다가도 '의도가 있는 귀가'라고 느껴질까 봐 그냥 앉아 있었다. 몇 시간이 지났을까. 팀장님이 갑자기 "적당히 하고 들어가서 좀 쉬어."라고, 팀장님 특유의 화법으로 걱정의 말을 건네시고는 홱 돌아서 가시는데 그때 그의 뒷모습에 갑자기 나는 스산한 기분이 들었다. 죽도록 미워서 퇴사까지 결심하게 한 사람이었는데 이런 기분이 낯설어 당황했던 기억이 생생하다. 그리고 그때 내가 한 뼘 성장했다는 사실을 나는 꽤 오랜 시간이 지나고 나서야 알았다.

유치원, 초등학교 때 가끔 아빠가 술에 거나하게 취해서 집에 돌아오시면 독한 술 냄새가 어두운 집안을 가득 채웠다. 여느 때와 같이 엄마의 잔소리를 듣고 있는 아빠가 혹시 민망할까 봐 나는 자는 척을 하면서도 이불 틈으로 비치는 혼나는 아빠의 모습을 보고선 너무 슬퍼서 숨죽여 운 기억도 있다. 그땐 그저 아빠가 엄마 말을 안 듣고, 철이 없다고 생각했다. 내가 조금 더 커서는 가끔 아빠에게서 힘든 모습이 보일 때나 우리에게 미안해하는 감정이 느껴질 때 그걸 알면서도 그 감정이 너무 어려워서 모르는 척 지나쳤다. 하지만 아빠가 술에 취한 모습을 마주할 때면 아빠의 힘듦을 직접 마주하는 것 같아 마음이 쓰렸다. 아빠보다 아빠의 손에 들린 양념치킨을 더 기다리고 반가워했던 내가, 울고 싶어도 울지 못했던 아빠의 마음을 느꼈을 때의 그 먹먹함과 처참함은 지금까지도 내 마음이 칼에 찔리는 기분이다.

마징가 Z를 만드는 것이 꿈이었던 우리 아빠가 나를, 우리 가족을 위해 넘어져야 했던 그 많은 시간, 내가 모르는 순간을 나는 과연 이겨낼 수 있었을까 하는 생각이 많이 드는 요즘이다. 삶에서 가장 중요하지만 어쩌면 너무나 당연하게 여겨지는 가족을 위한 밥벌이의 고단함, 나는 어디에도 기록되지 않은 채 결국엔 잊힐 우리 아빠의 고단함을 언젠가는 꼭 글로 남기고 싶었다.

아빠의 어린 시절 사진을 다시 한번 꺼내 본다.

밥벌이의 무게에 대한 고단함과 외로움을 몰랐을 천진난만한 아빠의 얼굴이 오늘은 더 슬프다.

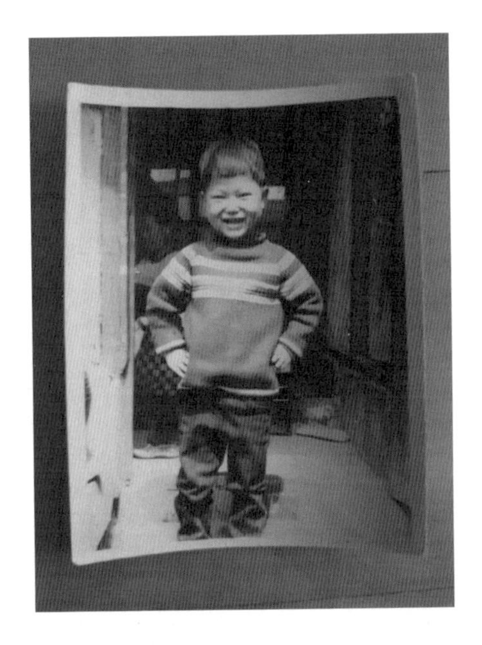

<사랑하는 우리 아빠>

엄마는 오늘도 묻는다, "밥 먹었어?"

나에게 밥이란,

1. 맛있는 것
2. 엄마가 해 주는 것
3. 살기 위해 먹어야만 하는 것
4. 고생한 나를 위한 선물
5. 내가 사랑하는 사람과 함께 먹는 것
6. 가끔씩 큰돈을 지불할 수 있는 것
7. 살찌는 것
8. 먹어도 먹어도 또 먹고 싶은 것
9. 따뜻한 것
10. 날 행복하게 하는 것

엄마에게 밥이란,

1. 식구들을 위해 해야 하는 것
2. 매일 같은 시간에 해야 하는 것

3. 메뉴를 주기적으로 바꿔야 하는 것
4. 하기 싫어도 해야 하는 것
5. 식구들을 만족시켜야 하는 것
6. 만족시키지 못할 때 가족들의 투정의 대상이 되는 것
7. 찌꺼기를 치워야 하는 것
8. 버리기 아까워 배불러도 먹어서 처리해야 하는 것
9. 항상 고민인 것
10. 손이 많이 가는 것

엄마는 오늘도 내게 묻는다.

"밥 먹었어?"

나는 대답한다.

"응." 혹은, "아니."

대화 끝.

나는 서른이 다 되어서야 엄마의 "밥 먹었어?"의 의미를 알았다.

엄마의 "밥 먹었어?"는,

1. 잘 지내지
2. 어디 아픈 덴 없지
3. 우리 딸 보고 싶다

4. 오늘은 어땠어
5. 무슨 일 없었지
6. 언제든 와
7. 맛있는 거 해 줄게
8. 오늘도 고생 많았어
9. 우리 딸 사랑해
10. 우리 딸 고마워

(…) 집밥을 지어 먹는 일은 시간과 정성이 드는 일.
밥상을 차리면서 나를 먹여 살린 누군가의 노고를 깨닫는다.
누가 차려 준 밥상을 편히 받아 들고 투정 부리던 내가 부끄러워진다.

- 고수리, <엄마를 생각하면 마음이 바다처럼 짰다(고등어)> 中

피곤하고 귀찮아서 응, 아니라고 답하곤 더 이상 대화를 이어 나가지 않았던 내가 결혼을 하고, 직접 음식을 만들고, 뒷정리를 하면서 '밥'이라는 단어에 대해, '밥을 먹다'와 '밥을 짓다'라는 행위에 대해 처음으로 생각해 보게 되었다. 자꾸만 얼굴이 붉어진다.

"집밥을 지어 먹는 일"이 얼마나 수고로운 일인지,

"밥상을 편히 받아 들고 매일 투정 부리던 내가" 왜 자꾸 생각 나는지.

별명은 엄마바라기

엄마한테 혼나서 입을 삐죽거려도 금세 엄마한테 안아 달라고 칭얼대던 난, 엄마를 지치게 할 정도로 엄마바라기였지. 엄마가 잠깐이라도 보이지 않으면 난 바로 울었고, 울고 있는 내게 동네 사람들이 왜 우냐고 물으면, 난 엄마가 너무 보고 싶어서 운다고. 동네에서도 참 유명한 엄마 집착녀였어. 무척이나 예민한데다가 엄마 옆을 떠나려 하질 않으니 이제 와 생각해 보면 난 참 키우기 힘든 딸이었을 것 같아.

얼마 전에 엄마가 보낸 카톡을 보고 출근길의 만원 지하철에서 눈앞이 흐려져서 괜스레 천장만 올려다봤어.

"아가 때 엄마 손잡고 노래 부르고 엄마한테 혼나고 나서 울먹거리는 모습 엄마 보면 달려와 안기고 옛날이 그리워지는 걸 보니 나도 이제 늙어가나 보다."

요새의 나는 나의 사람들에 대해 생각이 많아지고, 깊은 감정

속에 있어서 그랬는지 엄마의 '늙어가나 보다.' 그 말이 너무 슬프게 다가왔어. 몇 번을 읽고 답을 쓰다가 결국 내가 한 답장은,

"그러니까 왜 혼냈어?ㅋㅋㅋ"

보내 놓고 생각했지. 참 나다운 질문이라고.

모두가 잠든 밤 오늘 하루를 보내지 못해 멍하니 있을 때 잠 못 드는 내 옆에서 엄마가 손잡아 주면 언제 그랬냐는 듯이 깊은 잠에 빠졌던 어린 시절의 모습이 떠올라. 머리칼을 넘겨주던 엄마의 작은 손, 엄마 냄새, 이따금씩 들려오는 잔잔한 목소리. 난 한참 커서도 잠 안 온다고 엄마한테 쪼르르 달려가서 같이 자자고 했었지. 어떤 약도 내겐 잘 듣지 않았었는데, 엄마만 내 옆에 있으면 아프지 않았고, 무서운 게 없었고, 마음이 편안해져서 지금도 난 그렇게 엄마만 찾아.

잠 못 드는 깊은 새벽, 이 적막 속에서 그때 그 시절의 아이처럼 엄마가 보고 싶어. 그리고 두려워.

엄마,
난 우리가 이별과 가까워지고 있다는 사실이 정말 죽도록 싫어.

결혼 후 첫 이사 후

하지 말고 그냥 쉬라 해도 말을 듣지 않는 엄마와
하지 말라고 말만 하고 일을 계속 주는 딸이 있다.

땀 흥건한 모습이 안쓰러워도
쉬운 것만 골라 하고 힘든 건 엄마를 다 줘 버리는 딸은
엄마가 없었으면 어땠을까 생각하다가
엄마가 집으로 돌아가신 늦은 밤 퉁퉁 붓도록 울음을 토해 낸다.

엄마와의 삶의 반경이 멀어질수록 딸은 점점 아기가 되어 간다.

평생 아기일 것 같은, 아기이고 싶은 딸은 무서운 속도로 지나가는 시간이 세상에서 제일 무섭다.

선명한 주름살과 딱딱한 굳은살이 더욱 눈에 띄는 것만큼 무너지는 일은 없다.

딸은 인생에서의 큰일들을 해내야 할 때마다 비로소 엄마의 위대함을 깨닫는다.

'그래서 엄마가 좋은 거지.'라는 엄마의 말은 시간이 지날수록 아프다.

세상의 모든 것들이 이별을 향해 가고 있다는 사실을 인정하지 못해 맘 놓고 보낼 수 없는 아린 밤이다.

신과의 협상

엄마,

엄마가 그랬지. 나는 태어나자마자 3일 뒤에 세례를 받아서 승우라는 이름보다 실비아라는 세례명이 더 먼저 생겼다고. 엄마, 아빠는 물론이고, 사촌들 모두 매주 일요일마다 미사에 참여하고 기도도 열심히 하는 신앙심이 정말 깊은 신자들인데, 그렇게 오랜 기간 함께했음에도 불구하고 아직도 날라리 신자인 나는 여전히 정말 간절한 것이 있을 때만 하느님을 정말 간절하게 찾아. 이제 와서 말하지만… 어쩔 땐 터무니없는 바람을 중얼거리고 있는 내가 너무하다 싶어 얼굴이 화끈거릴 때도 있으니까.

할머니 때부터 우리 가족은 천주교 신자가 되었다는 얘기를 들은 적이 있어. 그 이유에 대해서는 아무도 내게 알려 준 적은 없는데, 나는 어느 날 갑자기 할머니가 왜 갑자기 성당을 찾아가게 되었을까 하는 궁금증이 생겼어. 무교였던 할머니가 삶의 방식을 바꾸면서까지 할머니에게 성당이, 신이 꼭 필요했을까. 할머

나는 무엇을 간절히 원했을까, 혹시 삶이 너무 버거워 원망할 수 있는 대상이 필요했던 건 아니었을까. 이런 생각을 서른이 다 돼서 처음으로 해 봤어.

그래서 이따금 나는 거래 기도를 한다.
일종의 협상을 체결하려는 목적으로 하는 기도인데
'그건 건드리지 마시고…… 차라리 저에게 가난을 주십쇼.'랄지
'그건 건드리지 마시고…… 차라리 천식이 더 나빠지게 해 주세요.'랄지
'그건 건드리지 마시고…… 차라리 독방에 3개월간 가둬 두세요.' 따위의 협상 기도이다.
내 정신이 허락하는 예산 범위 안에서 불행을 교환해 보자는 외교 전략이다.

- 문보영, 〈준최선의 롱런〉 中

한창 사춘기 때의 나는 신에게 거래 기도를 정말 많이 했어. 이를테면,

'오늘 떡볶이를 포기했으니 일주일 뒤 꼭 5kg이 빠져 있게 해 주세요.'

'오늘 12시까지 공부할 테니 꼭 100점 받게 해 주세요.' 같은 거.

서른이 넘은 지금도 단어만 달라졌을 뿐 나의 협상 스킬은 나날이 늘고 있어. 그러다 문득 궁금해진 거지. 할머니가 처음 성당에 갔을 때 할머니는 '어떤 불행'을 내놓을 테니 '다른 불행'을 달라고 했을까. 할머니는 '절대 견디지 못할 불행'을 지키기 위해 신에게 '다른 걸 건드려 달라'고 기도 했을까. 젊은 할머니는 어떤 것이 그토록 간절했을까.

최근 2년간 결혼과 이사를 하고, 내 살림을 꾸리면서 내가 전보다는 확실히 성숙해진 것 같아(사실 이렇게 힘든 일인 줄 몰랐어). 이렇게 큰일들이 있을 때 엄마가 제일 먼저 생각나고 보고 싶은 걸 보면 난 아직 한참 애기야. 나이가 들어갈수록 엄마에 대한 존경심이 무한대로 커지는 것 같아.

그래서 물어보고 싶었어.

어린 엄마의 '절대 견디지 못할 불행'과 그 불행을 막기 위해 신에게 제시할 수밖에 없었던 다른 여러 불행들.

우리를 지키기 위해 많은 걸 견뎌내야 했던 엄마에게 내가 이제서야 물어.

엄마의 간절했던 그때 그 시절의 기도, 그때 그 시절의 마음을.

언제 불러도 정겨운 두 글자 '엄마', 2행시

엄: 엄마는

마: 마더

엄: 엄친딸 만들려고 부단히 노력했지만

마: 마상만 남긴 큰딸이 있는 사람(미안해 엄마ㅠㅠ)

엄: 엄빠, 무조건 엄빠, 빠엄은 절대 안 됨!

마: 마더가 우리 집 최고 권력자니깐!

엄: 엄마 아니고, 와이프 아니고, 아줌마 아니고,

마: 마미도 아니야. "김효준"이야.

엄: 엄청 빡센데(…응?)

마: 마음은 누구보다 여린 그녀

엄: 엄마 나 할 말이 있어. 맨날

마: 마음대로 해서 미안해, 사랑해

엄: 엄마는 내 인생의

마: 마법이야

엄: 엄마 옆에 누우면

마: 마법처럼 스르르 잠이 들어

엄: 엄지손가락 총총 묶어 바늘로 콕 찌르고, 내 등을 어루만지면

마: 마법처럼 모든 아픔이 사라지는 엄마 손은 약손

엄: 엄청 험난한 이 세상에서 버틸 수 있는 공간과 힘을

마: 마련해 준 사람

엄: 엄청 싸워도

마: 마지막엔 결국 먼저 미안하다고 하는 사람

엄: 엄동설한에도 그 먼 거리를 걸어

마: 마중을 꼭 나오는 사람

엄: 엄지 엄지 척 할 수 밖에 없는

마: 마음 속 가장 소중한 사람

엄: 엄청 많이 사랑해. 세상에서 제일 사랑해.

마: 마더~ 마이 마더~

이제서야 건네는 고마워

한 3달은 싸웠던 것 같아. 나는 가겠다, 엄마는 안 된다.

"여자애가 혼자 다른 나라에서 사는 건 안 된다."

"우리 집은 유학을 보낼 만큼 여유 있지 않다."

"한국에서 특례 입학을 하자."

엄마 말고도 다른 식구들도 나를 설득했지만, 나는 절대 듣지 않았지. 늦은 나이에 유학을 갔다가 한국에 돌아오면 남들보다 뒤처지고, 더군다나 여자이기 때문에 취업이 어렵다는 오지라퍼들의 걱정이 하나도 신경 쓰이지 않을 만큼 난 캐나다에 가고 싶은 마음이 정말 간절했으니까.

자식 이기는 부모 없다고 결국 내가 이겼어. 그리고 처음 캐나다에 가는 날 엄마가 공항까지 날 배웅했는데, 내가 그때 인사 한 마디만 건네고 뒤도 안 돌아보고 신나게 게이트로 들어갔다는 것을 나중에 엄마가 얘기해 줘서 알았어. 들뜬 나는 간다는 생각만 머릿속에 가득해서 아무것도 보이지 않았었나 봐. 그런 나와 달리 체크인을 마친 나에게 엄마는 계속 전화했고 언제 도착하는지를 계속 물었고 확인하고 또 확인했지.

낯선 나라에 혼자 도착했어. 혼자 택시를 타고 학교에 갔고 배낭에서 파일을 주섬주섬 꺼내서 내가 신청한 기숙사를 찾았지. 그리고 도착한 기숙사에서 내 방문을 열었을 때, 나는 그때의 기분이 아직도 너무 생생해. 출발할 때의 들뜬 마음과는 달리 책상과 침대만 놓여 있는 방을 바라보자니 갑자기 외로운 생각이 확 드는 거야. 9평이 채 안 되는 방에 감도는 그 어마어마한 기운에 겁이 났어. 내가 여기서 혼자 잘 해낼 수 있을까. 잘못된 선택이 아니었을까. 아는 사람이 단 한 명도 없는데 베개, 이불은 또 어디서 사야 할까. 엄마가 해 줬던 모든 것들을 혼자서 해내야 한다는 사실에 갑자기 숨이 막히는 거야. 그때 양쪽 팔에서는 갑자기 닭살이 올라왔어.

일단, 노트북을 켜고 와이파이를 연결했어. 스마트폰이 아니었어서 한국하고 연락할 방법은 인터넷을 연결해서 네이트온이나 싸이월드에 접속하는 방법밖엔 없었으니까. 네이트온에 접속하자마자, 엄마 아이디에 불이 켜져 있는 게 너무 반가웠던 기억이 나. 접속하고 진짜 1초 만에 엄마한테 쪽지가 날아왔어.

"실비아 들어왔네. 다행이다. 잘 도착했구나!"

"웅 엄마. 잘 도착했어!!!"

갑자기 엄마가 너무 보고 싶었어(몰래 조금 운 건 비밀).

엄마 없는 하루를 이제부터 어떻게 살아야 하는지, 21살의 어린 나는 엄마가 옆에 없으니까 그제야 모든 게 현실적으로 다가왔어. 엄마 앞에서 그렇게 있는 척 다 하고 싸워서 이겨서 왔는데 타지에서의 버거운 일상에는 매일매일 져서, 이제 와 말하지만 울지 않고 바로 잠에 든 날이 손에 꼽을 정도야.

그 이후로는 개학 때마다 캐나다를 가는 길이 설레지만은 않았어. 반대로 한국에 돌아올 때를 손꼽아 기다렸지. 캐나다에 가면 나 혼자 비행기에서 내려서 혼자 집을 찾아가는데, 한국에 오면 항상 아빠와 엄마가 마중 나왔으니까. 누군가가 나를 기다리고 있다는 사실, 기다려 준다는 사실이 그렇게 안심이 되고, 행복할 수가 없어.

이제 갓 스물한 해를 산 딸을 처음 외국으로 혼자 보낼 때의 엄마 심정은 어땠을까. 나를 보내 놓고서 엄마도 혹시 운 적은 없었을까. 뒷바라지하느라고 일을 하고, 차곡차곡 아끼고 모아서 해외 생활의 부족함이 없게 하려고 했던 엄마한테 이제야 너무 고맙다고, 이제라도 정말 감사하다는 말을 꼭 하고 싶었어. 고집 센 딸에게 져 줄 수밖에 없었을 엄마의 마음과, 딸이 걱정되고 보고 싶었을 마음이 이제야 조금 헤아려져.

나를 위해 엄마의 것들을 포기하고 인내하면서 살아야 했던 엄마의 소중한 시간과 노고, 내가 감히 헤아릴 수도 없을 만큼, 나보다 훨씬 더 고단한 날들을 버텨 냈을 거라는 것도 이제야 조금 알겠어.

엄마,
나 이제 다 컸으니까 내가 먼저 기다릴게.
좋을 때 말고도, 슬플 때 힘들 때 언제든 날 불러.
내가 항상 기다리고 있을게.

큰딸의 잔소리

엄마,

나는 어릴 때부터 남들한테 져 주는 엄마가 너무 속상했어.

관계를 중요시하는 엄마는 아무리 불합리하더라도, 엄마의 불편을 감수하고서라도 상대방이 원하는 대로 해 줬지. 그 마음을 이해하고 알아주면 다행인데, 세상 대부분의 사람은 엄마의 마음과 많이 달라서 그만큼, 아니 그 이상으로, 여린 엄마는 상처를 많이 받았어.

그런데 엄마는 항상 엄마 탓을 했어. 모든 화살은 엄마를 향해 있었고, 그래서 잠을 설쳤고 울었고 아파했어. 속상한 마음에 있었던 일들을 가끔 내게 털어놓을 때면 엄마처럼 참하지 못한 나는 얼굴이 붉어져서 엄마한테 또 뭐라 했고, 그래서 엄마는 스스로를 더 미워하고, 자책했을 수도 있었을 것 같아. 제일 속상한 엄마에게 난 그것들을 덜어 주지는 못할망정 그 위에 더 얹어 버렸으니, 미안해. 난 뭐 이렇게 엄마한테 미안한 것 투성인지….

그래도 나 잔소리 또 할래.

세상에서 제일 중요한 건 엄마 자신이야. 나는 엄마가 더 당당하게 원하는 바를 요구했으면 좋겠고, 남들 덜 신경 썼으면 좋겠고, 그 에너지와 시간을 엄마 자신을 위해 더 썼으면 좋겠어. 이제 그 누구도 아닌 엄마 스스로를 더 많이 생각하자.

그래서 마음이 편해지고, 두 발 뻗고 매일매일 숙면하면 정말 정말 좋을 것 같아.

내 소원이야.

할머니의 흔적

할머니만 빼고 할머니의 모든 것이 여기에 있다. 할머니의 낡은 안경, 표면이 다 벗겨진 2G폰, 손수건, 너무 많은 종류의 약들, 오래전 엄마가 뜬 할머니의 보물 1호인 흰 모자, 꽃무늬 옷들, 같이 찍은 사진들, 사진들 아래 적어 둔 삐뚤빼뚤 글씨들.

할머니가 없는 이 방은 할머니의 냄새로 가득하다. 이 작은 공간은 크기에 걸맞게 온전히 할머니 체취로만 채워져 있으며 물건 하나하나에는 할머니의 숨이 묻어져 있다. 나는 지금에서야 할머니의 작은 흔적이라도 찾아보려고 애를 쓴다. 할머니가 좋아하던 곽 필통에 묻은 연필심 자국들을 닦아 내려다가 지워지는 때가 아니라는 걸 깨달았을 때 늦게라도 배우고자 했던 할머니의 열정, 아쉬움, 노력이 고스란히 전해져 눈시울이 붉어진다.

할머니 서랍 속 물에 젖었다 마른 것 같은 작은 종이들에 적힌 할머니의 하루하루가 이제야 내 눈에 들어온다.

"착하다, 착하다, 착하다"

☆ 차카다 아님. 조심. 틀리면 안됨. ☆

친절하게 알려 주지도 않으면서 맞춤법 틀린다고 구박하는 손녀가 눈치 보여 뭉툭하고 부은 손으로 서툴게 적은 단어, 같은 단어를 몇 차례 적고 또 적고 틀리면 안 된다고 힘없는 손으로 겨우 별을 그리는 할머니의 모습만은 감당할 힘이 없어 주저앉는다.

살짝 부는 바람은 할머니의 체취를 내 코 깊숙이 머물게 한다. 혹여나 그 향이 금방 사라질까 봐 할머니 베개에 파묻혀 한참을 운다. 숨이 안 쉬어질 정도로 운다.

할머니가 나를 가득 껴안는다.

이 세상 유일한 존재

'0'이라는 숫자를 이해하고 나서부터 가장 좋아하는 숫자가 무엇이냐는 질문을 받을 때마다 나는 '0'이라고 대답했어. 1보다 먼저고 1등보다 더 1등 같아서.

근데 '0'이라는 숫자는 혼자서는 힘이 없다는 치명적인 단점을 가지고 있지. 아무것도 없고, 아무것도 아니잖아. 근데 함께할 땐 그 어떤 숫자도 낼 수 없는 초 강력한 힘을 발휘하지. 다른 숫자에게 친절히 앞자리를 내어 주고, 그 숫자 뒤에 서서 어마어마한 힘을 부여해 줘. '0'이 하나 옆에 있어 주면 원래보다 10배, 두 개가 옆에 있으면 100배의 파워를 발산하잖아.

빛이 들어올 공간조차 없는 깜깜함 속에서 멈춰 버린 텅 빈 나의 세상에 너의 조심스러운 노크 소리가 울려 퍼져. 그 소리가 나의 세상을 빛으로 점점 물들여.

그 문을 열고, 나에게 좀만 더 가까이 다가와 줄래?

0시 0분 0초에서 멈춰 버린 나의 세계에선

너만이 내 세상의 시계를 움직여 줄 수 있을 것 같아.

과연 널 잊을 수 있을까

사계절이 지나 다시 봄이 왔어. 이맘때쯤이면 모든 게 제자리로 돌아갈 줄 알았는데 나만 빼고 모든 건 완벽하게 제 자리를 찾았어.

잘 지내는 거지?

당신에 비해 한없이 부족한 내가 그대 사는 세상에 들어가 있는 동안 온갖 아픔을 이겨낼 수 있었어. 노크도 없이 침범한 당신의 세계에 나를 허락해 주고, 품어 주었던 그대에게 고맙다는 말을 꼭 전하고 싶었어. 염치없게도 이렇게나 늦게.

같이 걷던 길가에 어느새 꽃 한 송이가 피었어. 모르는 척 그냥 지나가려다가 나에게 오랜만에 안부를 묻는 당신 같아 코끝이 찡해져. 눈물이 흐를까 봐 얼굴을 들어 하늘을 바라봐. 살짝 불어오는 바람에 안기고 싶어 눈시울이 붉어졌다가, 그 작은 꽃에 가까이 다가가서는 그대를 온전히 느끼려고 팔을 힘껏 뻗어.

길을 잃은 나를 찾아 준 당신이 내가 또 길을 잃을까 봐 내게 봄으로 온 것 같아.

몇 번의 계절이 지나야 내가 길을 잃지 않을까.

봄 다시 봄

이제야 마주 봐, 또렷한 내 두 눈을.

언제나 떠오르던 너인데 천천히 소리 없이 네가 저물어.

가끔씩 몰아쳤던 후회, 슬픔도,

상상 못했던 너 없는 매일도 어느새 익숙해.

매일 울면서 기다렸던 꿈속에서 이제는 더 이상 널 찾지 않아.

몇 년 같던 몇 달이 흐르고 또 흐르는 동안

겨우내 얼었던 강물도 봄을 맞아.

이제야 깨달았어, 하늘이 참 예쁜 걸.

나의 언 맘도 서서히 녹여져, 또 다른 봄에게서.

난 모든 게 괜찮아. 행복해.

너 또한 행복하길.

안녕.

흘러가는 인연

진정한 인연이라면 최선을 다해서 좋은 인연을 맺도록 노력하고,

스쳐 가는 인연이라면 무심코 지나쳐 버려야 한다.

- 법정 스님

오늘 문득 세월이 흐르면서 자연스럽게 멀어진 관계에 대해서 생각해 본다. 각자의 환경이든, 상황이든, 성격에 의해서든 나이가 들어갈수록 사람 간의 관계는 더 어려워지며, 노력해도 풀리지 않는 관계가 실제로 있고, 끊어내야만 하는 관계도 실제로 있다.

20년이 된 친구가 이기적으로 행동해서 고민이라는 한 팬의 사연에 김태리 배우님이 바로 인연을 끊기보다는 잠깐 시간을 두고 생각해 보라고, 지금 당장은 아니지만 나중에 만났을 때는 추억거리를 나누며 친구와의 관계가 또 달라질 수 있다고 말한 글을 봤다. 그녀의 말에 다양한 댓글들이 달렸는데 내 마음에 가장

편하게 다가왔던 글은,

“유지될 관계라면 잠시 연락이 끊어지더라도 나중에 인연이 닿을 것이며 그게 아니라면 그냥 끊어진 상태로 추억으로만 남겠지요. 이어 가려고 막 애를 쓰면 쓸수록 더 힘들어지기만 하더이다.”

일반적으로 내가 힘이 들어 거리를 둔 사람에게서 먼저 연락이 오는 경우는 대개 내가 필요해서이며, 나한테 얻을 게 없다는 생각이 들면 자연스럽게 끊기는 것 같다.

학창 시절 하하 호호 죽고 못 살 정도로 붙어 다녔던 친구들은 다양한 이유로 삶에 대한 방식과 태도가 달라지게 된다. 내게 좋은 일이 생기면 어떻게든 마음을 후벼 파 상처를 냈던 사람, 작은 이익이라도 본인만 챙기려는 사람, 가스라이팅의 흔적을 진하게 남긴 사람도 있었다. 참 많은 인연이 있었고, 그들에게서 상처를 받았고 또 배웠다. 나도 그들에게 분명 상처를 줬을 터. 적당한 관계에서 멀어졌지만 그렇지 않았으면 이 정도의 관계도 유지되지 못했을 거라고 생각한다.

반면 신기하게도 반년에 한 번 연락을 할까 말까, 1년에 한 번을 채 보지 못하는 사이인데도 10년 이상 연락이 지속되어 온 관계도 있다. 잦은 해외 생활로 연락처가 계속 바뀌어도, 정말 신기하게 연락이 될 사람은 된다. 한번 연락이 닿으면 그동안 못다 한 말들을 쏟아내며 매번 위로를 받는다. 오랜 기간 한결같은 마음으로 나를 밝혀 주는 그들에게 감사하다는 표현만으로는 한참 부족하다.

나의 소중한 인연들이 앞으로는 또 어떤 일로 더 가까워질지도, 또 멀어질지도 모를 일이다. 미숙한 나는 나에게서 멀어진다는 사실이 겁나지만 세상일은 내 뜻대로 되지 않는 바, 지금 이 순간에 최선을 다하고 사랑하며 살아야겠다고 다짐한다. 흘러가는 대로 두어, 생채기로 깊은 속앓이를 하겠지만 또 다른 인연이 내 품에 들어올 테니 그 인연을 기쁘게 맞이하기 위해 스스로를 돌아보고 성찰하며 마음의 여유를 가지기 위해 오늘도 천천히 노력한다.

할 수 있는 것은 최선을 다하게 해 주시고,

할 수 없는 것은 체념할 수 있는 용기를 주시고,

이 둘을 구분할 수 있는 지혜를 주소서.

- 성 프란치스코의 기도문

관계의 신호등(feat. 선 지킴의 중요성)

빨간불이 켜졌다.

멈추시오.

선을 넘지 마시오.

초록불이 켜졌다.

주위를 잘 살피시오.

그리고 천천히 걸으시오.

핸드폰 말고 신호등을 보시오.

건너가야 할 때입니다.

빨간불이 켜졌을 땐 당연히 멈춤.

초록불이라고 해도 잘 보고 건널 것.

정작 걸어야 할 때 한눈을 팔아

지나가야 하는 순간을 놓치지 말 것.

관계의 신호등 색을 항상 주시할 것.

친하다는 것

점점 누군가와 '친하다'라는 표현을 아주, 조심스럽게 사용하게 된다.

함께 사는 가족끼리도 인생의 다양한 사건들을 함께 겪고 해결해 나가면서 서로에게서 새로운 모습을 볼 때가 많은데 하물며 타인에 대해 우리는 얼마만큼 안다고 확신할 수 있을까.

어떤 이와 친하다고 생각해서 '그 친구라면 이랬을 거다.'라고 혼자 단정 지어 놓고선 다른 이를 통해 내가 그를 오해하고 있음을 알았던 적이 있다. 그는 직접적으로 내게 표현하지는 않았지만, 아차 싶었다.

'나의 오해가 그의 마음에 상처를 입혔을 수도 있겠구나.'
'내가 다 안다고 생각해서 자만했구나.'

언제는 또 친하다고 생각해서 털어놓은 나의 속 이야기가 커다란 눈덩이가 되어서 나를 공격했던 적도 있다. 처참한 결과에

속수무책이었다.

어렸을 땐 내가 좋아하는 지인들을 소개해 줄 때 친한 언니, 오빠, 동생이라고 언급하면서 서로를 소개했는데, 친하다는 것은 상대의 동의가 없는 순전히 나의 주관적인 생각임을 알아차리고 난 이후부터는 친하다는 말 대신 다른 표현을 찾아 사용하고 있다. 내가 좋아하는 사람들이 나를 좋아할 수도 있지만, 반드시 나와 친하다고 생각하지 않을 수 있다.

나는 또 시기에 따라 어울리는 사람이 바뀌기도 해서, 시기에 따라 친한 사람에도 다소 변화가 있다.

아무리 친해도 제대로 아는 건 없다.

그냥 내가 안다고 생각하고, 혼자 확신하는 것일 뿐.

술만큼 술술 풀리지 않는 인생

"술 너무 자주 마시는 거 아니야?"

"내 삶의 유일한 낙(樂)이야. 그 순간에는 모든 걸 잊을 수 있어."

"그 순간만이야, 혹시 너무 술에 의존한다는 생각은 안 해 봤어?"

"글쎄, 그 순간만이라도 잊으면 좋은 거 아니야?"

술부심이 있는 친구는 요새 부쩍 더 자주 술을 먹고 취해서 내게 전화한다. 오늘은 술이 술술 들어간다, 오늘은 안 들어가는데 억지로 마셨다, 술 먹고 토했다 등 가끔은 원하지 않는 TMI로 나를 놀라게 한다. 그런 친구에게 부쩍 잔소리가 늘어가는 요즘이다. 제발 엄마처럼 굴지 말라는 친구지만 잔소리를 들을 걸 뻔히 알면서도 꼭 전화하는 친구도 참 본인이 사서 들을 짓을 잘한다. 술 마시기 전에 전화하면 참 좋을걸.

나이가 들어갈수록 인생의 난제도 늘어 간다. 하나가 해결돼서 '다 됐다, 이제 끝!' 했는데 다시 또 다른 일이 터지질 않나, 어떤 일은 해결되지도 않은 채 그 위에 다른 여러 일들이 쌓인다.

미제의 일은 또 다른 심각한 일 때문에 잠시 까먹었다가 몇 년 뒤 똑같은(차라리 똑같으면 그나마 다행이다), 아니 더 심란한 형태로 재등장해 당황하게, 화나게 한다.

"내가 술 마시는 것처럼 인생도 술술 풀리면 얼마나 좋을까."

"인생은 뭘 해도 술술 안 풀려, 그러니까 술 좀 그만 마셔. 술 그렇게 먹어서 좋을 게 진짜 하나도 없어."

친구 인생의 험난한 정도를 나는 분명 이해 못 할 거고, 친구도 친구만의 방법으로 술이라는 도구를 이용해 어쩌면 아주 힘겹게 버티고 있겠지만, 그래도 맨날 술은 너무 아니다 싶어 꼰대 같아도, 오지라퍼 같아도 어쩔 수 없다.

명사로서의 '술', 부사로서의 '술술'
사람들이 좋아하고, 그래서 의지하게 만드는 두 단어.

삶에서 쉬운 건 단 하나도 없다. 순간의 행복은 어쩌면 해결하지 못한 난제를 더 키워 계속 쌓아가고 있을지도 모른다는 생각이 들었다. 그 진리를 깨달았을 땐 어쩌면 모든 게 사라져 버릴지도 모른다는 섬뜩한 생각과 함께.

오늘 밤은 친구한테 욕 한 바가지를 할지도 모르겠다.

기다리는 사람은 시간을 초대한다

빨간 안경이 인상적인 이동진 영화 평론가의 '밤은 책이다'라는 책에서 유대계의 독일 평론가/문예 이론가인 발터 벤야민의 "기다리는 사람은 시간을 초대한다."라는 문장을 보고 충격을 받았다. 여태 다양한 '기다림'을 겪으면서 나는 짜증, 분노, 언짢음 등 부정적인 기운들에 빠져 있었는데 같은 기다림을 두고 시간을 초대한다니… 이런 멋있는 말이 있을 수 있나.

발터 벤야민은 "시간이 멀리서 한 발자국씩 점차 다가오듯이 나는 내가 마음에 두고 있는 일이 멀리서부터 나에게 점차 가까이 다가오는 것을 보기 좋아하기 때문에 여인을 오랫동안 기다리면 그 여인이 더 아름답게 보인다."고 고백했다. 선물이 그의 관심 대상인 이유도 선물을 줄 사람으로서 오랜 기간 동안 준비를 하기 때문이라고 했다.

시간에 우리 자신을 기어이 내어 주고야 마는, 그래서 항상 시간에 쫓기는 우리에게 이 문구는 정말이지 아주 적절하다. 문장의 주체는 '기다리는 사람', 목적어는 '시간', 문장의 주체가 목적어를 '초대한다'. 따라서 내가 시간의 주인이 되어 시간을 통제할 수 있다는 아주 기분 좋은 해석이 된다. 세월이 갈수록 나의 통제권 밖으로 벗어나려고만 하는 인생의 여러 부스러기 틈에서 세상 그 어느 것보다 소중한 '시간'이라는 자산의 통제권을 가지고 할 수 있는 행동이 기다림이라니, 그러니 어차피 기다려야 하는 상황이라면 우리의 뿌리 깊은 '빨리빨리'를 잠시 미뤄 두고 온전히 그 시간을 초대하는 마음으로 머물러 보면 어떨까 하는 두근거리는 상상을 해 본다.

"기다리는 사람은 시간을 초대한다."

파와 도 사이, 파도 사이

여기 오래된 피아노에서는 파와 도 두 음만 들린다.

드넓은 저 바다의 파도들에서 세찬 파도 소리가 들린다.

파와 도 사이에는 솔, 라, 시, 레, 미가 있다.

겹겹이 쌓인 힘센 파도 사이사이에는 작은 파도들이 있다.

솔, 라, 시, 레, 미는 소리를 내고 싶어도 내지 못한다.

숨어 있는 작은 파도들은 아우성을 친들 밖으로 전달되지 못한다.

숨죽여 또 얼마나 웅크리고 있을까.

춥고 그늘진 곳에서 소리 내지 못하고 우는 소리가 들린다.

우산과 사랑

한 발짝 뒤에서 우산 속 둘이 담겨 있는 모습을 볼 때 나는 사랑을 본다. 우산을 들고 있는 사람은 그렇지 않은 사람 쪽으로 보통 몸이 기울어져 있는데 반대편 어깨가 빗물로 물들어도 개의치 않고 상대 쪽으로 몸을 더 기울인다. 그만큼 같이 있는 사람은 더 안전하게 우산의 보호를 받는다. 따뜻한 체온 교환은 덤. 우산의 허용 범위 안에 들어오지 못한 어깨가 자꾸 신경이 쓰여 가엾다가도 서로를 보며 나누는 그 둘의 웃음이 세상의 모든 걸 용서한다.

그 작은 공간에서 난 사랑을 만난다.

뫼비우스의 띠(feat. 집안일)

맞벌이 새내기 부부가 이사를 갔다.

내 집 마련에 성공했기에 며칠간은 서로에게 유(柔)하다.

삶의 질이 올라간 만큼, 집안일의 범위가 한참 높고, 넓어졌다는 사실을 깨닫는 데는 그리 오랜 시간이 걸리지 않는다.

자 이제부터 눈치 싸움 시작.

누가 장을 볼까

요리를 할까

설거지를 할까

청소기를 돌릴까

걸레질을 할까

화장실 청소를 할까

빨래를 돌릴까

빨래를 갤까

다림질을 할까

분리수거를 할까

음식물 쓰레기를 버릴까

꽃에 물 줄까

어질러진 옷가지들을 정리할까

형광등을 교체할까

…

…

…

협상 시작.

"자, 내가 요리를 했으니 네가 설거지를 해."

"왜? 내가 어제 요리도 하고 설거지도 했는데?"

"어제는 내가 야근했잖아."

"나도 어제 집에 늦게 도착했어. 나 오늘은 좀 쉴래."

"분리수거랑 음식물 쓰레기 버리고 왔어. 청소기랑 걸레질만 부탁해."

"지난 주말에도 내가 청소기랑 걸레질 다 했는데. 예전 집보다 할 게 너무 많아."

"바닥에 머리카락이 너무 많아. 여긴 조명이 밝아서 너무 잘 보여."

"오늘은 말고…."

또 협상 결렬.

눈치 싸움과 협상의 무한 반복.

집안일의 뫼비우스 띠.

코로나가 아니더라도 거리 두기

우리가 상처받는 이유는

거리 조절에 실패하기 때문이다.

- 김소원, 〈너도 나도 상처받지 않는 적당한 거리〉 中

반에서 1등인 학생은 하나라도 놓치지 않기 위해 항상 선생님과 칠판 가까이 앉는다. 다른 친구들보다는 공부에 흥미가 조금 덜한 아이들은 보통 선생님과 칠판과는 가장 먼, 눈에 잘 띄지 않는 맨 뒷자리를 선호한다. 공부에 욕심이 많았던 나는 교실의 맨 뒤에 앉는다는 건 상상하지 못했는데 지각을 했던 어느 대학교 수업 날, 맨 뒷자리에 처음으로 앉았다가 평소와 조금은 다른 생각을 했던 기억이 있다.

맨 뒷자리에서는 교실이 사다리꼴 형태로 보인다. 시야 안에 모든 학생이 들어온다. 친구들이 뭘 하는지, 어떤 색의 옷을 입고 있는지, 머리를 감았는지 안 감았는지 하는 사소한 것들, 그들의 일상이 읽힌다. 고개를 살짝 뒤로 돌려 눈치 한 번 보고, '딴짓해도 좀 봐줘.' 하며 소리 나지 않는 웃음을 공유하는 또 다른 재미가 있다. 마치 내가 이 교실의 주인인 것처럼. 반면 맨 앞자리 학생들은 줄곧 앞만을 바라본다. 그들을 가만히 보고 있자니 나와 같은 공간에 머물면서도 아주 작은 공간에만 머문다는 생각이 들었다.

반에는 공부에 흥미가 없어도 유난히 재미있고, 착했던 친구들이 항상 뒷자리를 차지했다. 내가 기억하는 그들은 정이 많았고, 사람을 좋아했으며, 선생님한테 혼이 나도 금방 히죽거리고 다시 떠들었다. 그들은 그렇게 그 누구보다 가장 따뜻한 마음으로 반 친구들을 살피고 헤아렸다.

혹시 지금, 걱정과 너무 가까이에 머물러 몸에 힘을 잔뜩 싣고 있는 게 아닐까.

조금만 거리를 두고 바라보면 어떨까.

당연한 것은 당연한 것이 아니다

모든 걸 당연하게 여기는 순간, 모든 걸 우습게 생각하는 순간, 입장이 뒤바뀐 때에는 땅을 치고 후회할 것이다.

- 허지웅

회사 일로 도심에서 한참 떨어진 지방에 일주일간 머물렀던 적이 있다. 근처엔 편의점 하나 없고, 차가 있어도 운전을 못하니 혼자서는 아무것도 할 수 없는 상황이었는데 그 일주일간 나를 가장 괴롭게 했던 건 잠자리도, 샤워 시설도, 같이 지내야 하는 사람도 아닌 갓 추출한 원액의 아메리카노를 마실 수 없다는 사실이었다. 서울로 돌아가는 길에 작은 카페에서 일주일 만에 아메리카노를 만났는데 그때의 맛과 향은 아직도 내게 진하게 남아 있다. 아메리카노로 하루를 시작하는 삶이 너무나 당연했던 나는 그것이 부재하고서야 내게 너무나도 소중하다는 것을 알았다.

커피 한 컵처럼 인생에서의 극히 사소한 것조차 이러한데 지금, 여기에, 혹은 떨어져 있어도 언제나 나와 함께하는 사람들과의 시간, 안부, 이야기는 오죽할까. 삶에 지는 날들이 많아지면 삶이 퍽퍽해지고 여유가 사라져 또다시 못된 마음이 튀어나온다. 그럼 또 그 못된 마음은 감사의 자리에 욕심을 데려다 놓는다.

당연한 것들은 대개 사라지고 나서야 당연하지 않았음을 알게 된다. 당연한 사실들이 절대 당연한 사실이 아니었음을. 거창하고 대단한 게 아닌, 소소하고 익숙한 것들, 우리가 '당연시 여기는' 이 일상들이 내 삶을 지탱하는, 나를 살게 하는 이유임을.

지금 여기에서 충분히, 마음껏 감사하자.

그리고, 절대 익숙함에 속아 소중함을 잃지 말자.

겸손할 수밖에 없는 인생

현명하지 못한 사람은

자기가 이해할 수 없는 일에 대해서는 무엇이든 헐뜯는다.

- 프아수아 드 라 로슈푸코

내 기억으로 난 10살 때 할아버지가 돌아가시면서 처음으로 완전한 이별을 경험했다. 무뚝뚝한 할아버지를 이해하기에 너무 어렸던 나는 할아버지 기침 소리도 무서워서 엄마나 아빠 옆에 꼭 붙어 있으려고 했었던 것 같은데, 그럼에도 불구하고 다시는 할아버지를 만날 수 없다는 사실이 믿어지지가 않아 며칠 동안 왜 사람은 헤어져야만 하는지에 대해 생각하고 슬퍼했던 기억이 있다. 충격이 채 가시지 않은 상황에서 장례식장에서 사람들을 맞으면서 또다시 무너지는 기분이 들었다. 사람들의, 술에 거나하게 취해 큰 소리로 떠들고, 화투를 치고 기뻐하는 얼굴이 어린 나에게는 너무나도 잔인한 광경이었다.

'우리 할아버지가 돌아가신 걸 잊은 건가, 살아생전 우리 할아버지가 못된 행동을 했었을까, 그들에게 피해를 주는 존재였을까….'

할아버지 편이 아무도 없다고 생각하니 울적해져서 사촌들과 멀리 떨어져서는 빈방 한편에서 혼자 덩그러니 앉아 있었다. 그렇게 해야지 돌아가신 분이 더 행복해하신다, 더 편안하게 가실 수 있다는 고모들의 말씀이, 설사 그렇더라도 아무렇지 않게 너무나 쉽게 말씀하시는 고모들이 미웠던 기억이 있다.

tvN 금토 드라마 '응답하라 1988' 2화에서 덕선이 할머니가 돌아가시고, 장례식장에 모인 사람들을 보고 덕선이가 여기 초상집 맞느냐고, 잔칫집 같다고 말하는 장면이 나온다. 딱 이 장면에서 나는 오랫동안 잊고 있었던 할아버지 장례식장의 모습이 떠올랐다. 웃고 떠드는 사람들과 아무렇지 않아 보이는 아빠, 고모들이 이해되지 않았던 덕선이는 큰아빠의 등장과 동시에 아빠가 우는 모습을 보고 모든 걸 깨닫게 된다.

"어른으로서의 일들로 바빴을 뿐이고,

나이의 무게감으로 강한 척하는 것뿐,

어른도 아프다는 사실."

세상 누구도 피할 수 없는 '죽음', 나는 나이가 들어가면서 자연적으로 여러 형태의 죽음을 접하게 되었고 이제는 삶과 죽음에 대해서도 좀 이해하나 싶었는데, 처음으로 타인의 부고와 경사를 동시에 듣게 되었을 땐 또다시 세상이 잔인하다고 생각했다. 누군가에게 두고두고 기억할 매우 기쁜 하루가 누군가에겐 세상을 포기하고 싶을 정도로 절망적인 하루인 것을. 누구에게나 똑같이 주어지는 24시간에서 다른 삶을 사는 건 너무나도 당연한 건데 지인 두 명이 동시에 희비가 명확히 갈리는 일을 겪는 모습에 나는 왜 그렇게 놀란 것일까.

내가 지금 살고 있는 세상을 이해하기에 여전히 나는 어리다.

다만, 할아버지의 장례식장에서 손님들이 웃고 떠든 걸 한참 지나서야 이해했던 것처럼 나이가 들수록 아주 오래전에, 조금 오래전에 겪었던, 받아들이기 어려웠던 하나하나의 사건들이 오늘에서야, 이제 와서야 조금씩 이해된다고 느껴질 때가 있다.

이렇게 또 이해되지 못하는 숱한 일들은 나를 겸손하게 한다.

살기 위한 정리

내려놓음의 끝에 행복이 있다.

- 조정민, <길을 찾는 사람> 中

무시무시한 더위를 뚫고 이사를 했다. 이삿짐 정리를 하는 동안 기억에서 잊혔지만 한참을 품고 살았던 것들이 정말 많았다는 사실을 깨달았다. 근 2년 동안 단 한 번도 손에 닿지 않았던 것들은 결국에 처분하기로 결정했고, 구석에 쌓여 널브러져 있는 그것들은 그동안 눈길 한번 받지 못하다가 결국에는 버려져야 한다는 사실을 아는 것 마냥 꽤 슬퍼 보였다.

그렇게도 없어서는 안 될 것들이었고, 그중 일부는 반드시 지켜야만 한다는 생각에 집착과 함께 그에 딸려오는 스트레스 또한 한껏 모으고 있었는데 나도 모르는 사이 걱정과 함께 기억 속에서 사라졌다는 사실이 참 놀라웠다.

지금 나를 채우고 있는 것들은 전에 쌓아 두던 것들과는 완전히 다른 것들인데 이것들 또한 어느 순간 나의 관심사에서 멀어져 자연스럽게 잊혀지지 않을까. 과거에 가지고 있던 것들이 자리를 비워 주었기 때문에 지금의 것들이 비로소 나를 채워 주고 있는 것처럼. 예전의 것들로 여전히 가득 채우고 있었다면 지금의 행복 또한 느낄 수 없었을 테니.

지금 생각하면 슬프지만 현재의 나의 것들 또한 또 다른 미래의 나의 것들에 의해 분명 자리를 빼앗길 거다. 그래서 현재 있는 나의 것들, 나의 일들, 나의 사건들, 나의 상처들… 나를 둘러싼 모든 것에 과도하게 집착하거나 맹목적으로 의지하지 않아야 한다는 사실을 다시금 깨닫는다.

지금은 죽을 것 같이 느껴지는, 너무나 커 보이는 날 괴롭히는 그것들이 시간이 지나고 보면 참 별거 아닐 수도 있다.

정리하자.

김 지 혜

작가 소개

사랑 좀 씹어 먹어 본, 사랑 때문에 피눈물 흘려 본, 사랑에 목숨 비슷한 거 걸어 본 작가 김지혜. 삶에는 관계가 있고, 그 관계는 늘 사랑 그리고 미움 그 어떤 경계 속에서 정의된다고 여긴다. 그리고 여전히 관계 속에서 나아갈 방향을 찾아가는 중이다.

너무 애쓰는 우리에게

"너무 애쓰지 말아요. 우리."

그런 날이 있잖아요. 아주 가볍게 툭 건드리기만 했는데도 무너질 거 같은 그런 날. 평소에는 잘도 넘겼던 똑같은 말인데 유독 아프게 느껴지는 그런 날. 타인의 모든 행동과 말이 뾰족한 가시가 되어 약해 빠진 내 물렁 심장을 사정없이 찌르고 가르는, 그런 날 말이에요. 참다 참다 겨우 소리 내어 아프다고 말하면 별것도 아닌데 오늘따라 유난스럽다고 말하는 그런 날 말이에요.

그런 날은 제가 유독 약해 빠진 건지, 다른 사람들이 특히 날카로운 건지 알 수가 없을 정도로 이상하게 맞아떨어져 나락으로 떨어지는 기분을, 끝도 없이 느끼게 되는 날이죠. 그럴 때는 형언할 수 없을 정도로 자신이 초라하게 느껴지죠. 세상에 이보다 못난 사람은 없을 것만 같고 내가 할 수 있는 건 뭘까 싶은 자괴감마저 들기 십상이죠.

그렇게 한없이 땅굴을 파다 보면요. 더 깊을 데가 없이 그렇게 내려가다 보면요.

이상하게 아늑해지고 편안해져요. 세상에 내 편이 하나 없는 듯한데 이상하게 정신이 안온해지고 온몸에 들어갔던 힘이 쫘악 빠지면서 걷잡을 수 없는 수마에 빠지게 되는 거죠. 무엇이 가장 중요했었는지, 무엇을 제일 잃고 싶지 않았는지 그런 거 따위는 안중에도 없는 듯이 말이죠.

우리 한 번쯤은 그렇게, 힘을 툭툭 빼고 살자고요. 어차피 사라질 것은 사라지고, 남아 있을 것은 그대로 남아 있을 거예요. 아무리 거친 파도가 밀려와 쓸고 가도 그대로 남아 있는 모래사장 위의 작은 조개껍질처럼. 버틴다고 그대로 있지도, 휩쓸리고 싶다고 사라지지도 못해요. 그냥 우리 너무 애쓰지 말고, 거칠게 또는 잔잔하게 밀려오는 파도에 자연스럽게 넘실대 보자고요. 그러다 보면 어느덧 굳건하게, 어떤 자리를 그대로 지키고 있을 그런 날이 있을 거예요.

그런 날이 올 거예요. 당신에게도.

경주마는 오래 살지 못한다

경주마처럼 사는 것만이 정답이라고 생각했다. 의미 없는 시간을 보내는 것만큼 실속 없는 것이 또 있을까 생각했다. 무엇이 의미 있고, 무엇에 열렬해야 하는지도 모르면서 시간에 쫓기는 사람처럼, 바쁜 삶을 보냈다.

경주마는 30분도 안 되는 경기를 위해 유아기 시절부터 사계절 내내 훈련을 감행한다고 한다. 내일이 없는 것처럼 달리는 경주마의 삶. 앞만 보고 달리는 그들의 삶은 치열한 경쟁 속에서 서열을 가리는 데는 유리하지만 일반 마의 생활처럼 삶을 영위하지도, 주어진 수명을 다하지도 못한다.

내게 가치 있는 존재

내가 그들을 찾기보다는 그들이 나를 찾았을 때 비로소
내 값어치를 한다고 느꼈다.
늘 가치 있는 존재이기 바랐던 마음은
그 쓸모가 끝나고 나면 빛이 바랜다는 것을 몰랐기에
그런 존재이길 바라고 또 바랐다.

누군가에게는 없어서는 안 될 존재가 되고 싶었고,
누군가에게는 곁에 있는 듬직한 존재가 되고 싶었다.
어떤 사람에게는 편안한 존재가 되고 싶었고,
어떤 사람에게는 필요한 존재가 되고 싶었다.

때론 공기처럼 없어서는 안 될 존재를
때론 아빠처럼 듬직한 존재를
때론 내 집처럼 편안한 존재를
때론 친구처럼 필요한 존재를

세상이 아닌,

그들이 아닌,

내게 가치가 있는 존재를

이제는 찾아야 할 것이다.

타인이 정한 기준이 아닌

내게 소소하고도 귀중한

그 무언가를 찾았을 때의

소중함이라는 가치를 확인할 것이다.

무지개 색은 '빨주노초파남보'가 한계다

7가지의 색을 보여 주는 무지개를 보자. 무지개는 실제로는 대기 중의 수증기로 알려져 있으나 우리 눈에 보일 때는 어떠한가.

공기 중의 작은 물방울에 지나지 않지만, 빛에 굴절 및 반사되어 시각적으로 우리가 알고 있는 7개의 빛깔을 보여 주는 무지개. 실제로는 훨씬 다양한 빛의 그러데이션으로 구성되어 있지만 인간의 눈에는 7개의 색으로 보이는 것이 가장 최선이기에, 우리가 알고 있는 무지개색은 '빨주노초파남보'가 한계인 것이다.

사람의 특성을 정의하고 어떤 색감으로 느낀다는 것은, 본인이 받아들일 수 있는 한계 내에서 상대를 규정하는 것 아닐까. 우리가 보는 것보다는 훨씬 다양한 모습이 있을 텐데 미처 발견하지 못한 채 쉽게 속단하고, 판단해 버리는 건 아닐까.

어쩌면 한 인간의 본질을 모두 이해하는 것은 한계가 있기에 색깔로 한정 짓는 것은, 그 사람을 표현하기에는 충분하지 않다.

지금 파도가 치고 있는 순간인가요?

당신의 인생에는 어떤 파도가 치고 있나요?

파도가 치지 않는 바다는 없잖아요. 인생에 굴곡 없는 사람이 없는 것처럼요. 바다 위에 너울대는 파도의 종류가 정말 다양하듯이 당신의 인생에 휘몰아치는 파도의 유형도 아주 다양하겠죠. 밀물과 썰물조차도 파도라 명명하는데 얼마나 다양한 파도가 곳곳에 치고, 지나가고 있을지 가늠이 되지 않네요.

그렇게 파도가 휩쓸고 지나가 남은 자리에는 이리저리 깎이고 변형된 형태가 남아 있게 되는데요. 이때 남아 있는 모습이라는 것이 참 다양하다는 것도, 흥미로운 사실이죠. 이전의 형상을 찾아볼 수 없을 정도로 변모하는 경우도 있고, 때로는 조금 깎인 모습으로 본연의 모양새를 그대로 유지하기도 하니까요.

이렇게 남아 있는 형태가 다를 때에는, 흔드는 파도의 힘이 약한 건지 쓸려가지 않는 바다 본연의 힘이 강한 건지, 혼동될 수 있는데요. 파도를 만들어 튕기는 힘의 주체인 바람과 지진 중에서도 바람의 힘이 파도의 속력을 좌지우지하며 흔든다고 생각하지만, 실제로는 바다 본래의 물이 속력을 결정한다는 사실이 이 이야기의 핵심인 거죠. 결국에는 인생에 작은 물결이 오든, 큰 쓰나미가 오든, 내가 어떤 힘을 지닌 채로 파도를 상대하고 견디고, 또 지나가게 하느냐에 따라 남아 있는 나의 모습이 결정된다는 사실 말이죠.

분명 몰아치는 파도를 즐기기란 쉽지 않은 일이에요. 갑작스레 몰아치는 기복을 자유자재로 다룰 줄 아는, 인생의 서퍼가 아닌 이상 말이죠. 그럼에도 견딜 수 있는 건, 말했듯 파도의 힘을 내가 결정할 수 있다는 것! 내가 가진 힘에 집중하면 온전하진 못하더라도, 원래의 내 모습을 유지할 수 있다는 것! 또는 오히려 이전보다 유연하고 성숙하게, 다듬어질지도 모르죠.

지금 파도가 치고 있는 순간인가요? 그렇다면 그 파도가 아닌, 자기 자신에게 집중해 보세요.

내가 가진 것이 무엇인지.
내가 지킬 것은 어떤 건지.
내가 버릴 것은 없는 건지.

그렇게 집중하다 보면, 자신을 간직함과 동시에 무르익은 스스로를 발견하게 될 거예요. 어딘가 쓸리고 깎이어 형태가 조금은 바뀌었을지는 몰라도 당신 내면의 알맹이는 더욱 단단하게 처음 모습을 지니고 있을 테니까요.

있는 그대로 보는 습관

언제나 마지막에 항상 곪아 터지는 문제는 인간관계인 경우가 많다. 그것은 학교에서든 직장에서든 심지어 사랑에서도 언제든지 발생할 수 있는, 풀리지 않는 어려운 문제다.

우리는 그 어려움을 유독 내 소중한 일터에서 겪게 되는 경우가 많은데 하루의 대부분을 일터에서 보내기 때문에, 그 고통이 배가 되는 경우가 많다. 특히나 일터에는 대표, 사수, 동료, 후배 등 다양한 인간군이 형성되기 때문에 각양각색의 형태로, 고단함을 주고 또 받으며 하루를 보낸다.

유독 직장에서의 인간관계가 힘든 우리, 어떻게 해야 고단한 내 직장이 변화할 수 있을까?

1. 개입하지 말고 의견을 나눠 보자

내가 상사나 사수인 경우 나는 어디까지 직원의 업무에 개입해야 할까를 고민하는 경우가 있다. 일단 개입한다고 생각하는 출발선부터 달리하면 어떨까. 우리는 생각보다 타인의 의견을 무시하려는 경향이 깊게 배어 있는데 그 대표적인 것이 바로 개입이다. 우리는 개입을 할 것이 아니라 의견을 교류하고 좋은 결론에 도달하는 것을 목표로 삼아야 한다. 개입하는 건 학교 교사나 부모님이 해야 할 일 아닐까? 하긴, 요즘은 이들조차도 내 아이와 내 제자를 존중하는 의미로 놔두고 지켜보기를 한다지.

2. 주도적이어야 감정싸움을 피한다

보통 직원들이 느끼는 것 중에 가장 답답해하는 것이, 정확한 이유가 없는 "다시"이다. 좀 구체적으로 말을 해 주면 좋겠는데, 왜 정확한 이유를 들을 수 없는 건지 답답하다. 이럴 때 돌파구는 무조건 하는 것일까? 아마 밤을 새워도 해결이 안 될 것이다. 그러다 보면 우리는 결국 감정싸움으로 가 쓸데없는 말꼬리에 꼬리를 물게 되고 상사나 사수에게 되바라졌다는 말까지 듣는 지경이 된다.

개인적으로는 이럴 때 완전히 다른 콘셉트의 시안 A 안, B 안을 만들어 구체적인 설명과 함께 전달하는 방법이 최선이라고 본다. 어떤 꼴통들은 그래도 또 아니라고 할지 모르지만 웬만한 사람이라면 둘 중 하나는 선택하게 되어 있다. 선택은 그들의 몫이라는 선입견을 버리고 그들이 선택하게끔 내가 주도적으로 제안을 해 보자. 여기 A와 B가 있어. 둘 중에 뭐가 좋니?

하나만 선택해 봐, 라고.

3. 비꼬지 말고 담백하게 말할 수 있어야 한다

이건 상사나 직원 모두가 가져야 할 생각이지만 상사가 조금 더 노력하는 게 좋을 거 같다. 아무래도 직책이 있는 쪽이 없는 쪽보다는 강할 수밖에 없고, 말을 더 많이 하는 쪽도 어쨌든 늘 상사다. 말 한마디라도 사설 떼고! 감정 떼고! 딱 일에 대해서만 말해 보자. 보통은 일에 대해서 시작하다가 "너는 항상 그러더라.", "너는 도대체 왜 그러냐." 식의 개인 평가로 넘어가는 경우가 있다. 그러면 듣는 입장에서는 "왜 말을 그렇게 하세요?" 소리가 절로 나오게 된다. 그냥 깔끔하고 담백하게 있는 그대로를 전달하자. 덧붙여 상사는, 잘한 건 잘했다고 제대로 칭찬도 좀 할 줄 안다면 더욱 좋을 것이다.

대부분 직장에서 충돌하는 원인 중 하나는 결국 감정이다. 일은 일대로 사람은 사람대로가 아니라 일에 사람을 결부시키고, 결국엔 그 사람은 그런 사람이 되는 결론.

우리가 함께 일해야 할 사람들은 적대적인 상대가 아니라 동료이다. 서로를 헐뜯고 괄시할 상대가 아니라 서로 존중하고 의지해야 할 사이임을 기억한다면 더 이상 어렵지만은 않은 관계가 되지 않을까.

미쳐 본 적 있나요?

무언가에 미쳐 본 적이 있나요?

강렬한 무언가에 홀려 그 생각만으로 하루 온종일 또는 내 인생의 대부분을 바친 적이 있나요?

어떤 사람은 나에게 "너도 무언가에 미칠 수 있는 사람이긴 해?"라는 얘기를 합니다. 어떤 사람은 나에게 "조금 쉴 때도 있나요? 머릿속을 비울 때도 있어요?"라고 묻기도 합니다. 너무나 상반된 질문이죠. 누군가에게는 내가 미칠 수 있는 사람이고, 누군가에게는 내가 어떤 것에도 열중할 수 없는 사람으로, 비친다는 얘기인 거죠.

우리는 항상 이렇게 대조되는 상황을 가끔, 혹은 자주 맞닥뜨리게 됩니다. 우리는 다양한 사람들을 다양한 상황 속에서 맞이하기 때문에 어떤 이에게는 열정적인 내가, 어떤 이에게는 한없이 무기력한 내가 될 수도 있다는 얘기입니다.

그렇기에 무언가에 미칠 수 있는 나를 그 사람이 몰라 준다고 해서, 어딘가에 강렬하게 미칠 수 있는 내가 존재하지 않는 것은 아니라는 얘기죠. 그것을 미처 발견할 수 없는 여건 속에서 마주친 상대일 수도 있고, 내가 미쳐 있는 것이 무엇인지도 알아채지 못할 정도로 공감하지 못하는 상대일 수도 있기 때문입니다.

도무지 알 수 없는 상황 속에서 만난 이에게, 아무리 설명을 해도 관심을 주지 않고 공감하지 못하는 이에게 나의 열정과 노력을 굳이 설명하고 이해시키지 마세요. 그들은 들을 준비가 안 되어 있거나 들을 자세가 안 되어 있는 사람일 테니까요. 어떤 것에 강렬하게 미쳐 본 사람이라면, 인생의 대부분을 미쳐서 시간을 보내 본 사람이라면 구태여 내가 설명하지 않더라도 나를 알아볼 것이기 때문이니까요.

시간을 바쳐 이루어 낸, 열의를 다해 만들어 낸 나의 가치를 한눈에 알아볼 것이기 때문이니까요.

그러니 기죽지 마세요. 지금은 그런 상황도, 공감할 수 있는 대상도 만나지 못했을 뿐입니다. 그러니 멈추지 마세요. 당신을 한눈에 알아볼 수 있는 상황이, 그런 대상이 나타날 때까지 조금만 더 힘내고 조금만 더 미쳐 봅시다. 우리.

만남이 기껍다

내게 '만남'이라는 것은 오랜 기다림과 익숙함, 그리고 변하지 않는 편안함, 한 번 시작된다면 끝까지 가야 한다는 숭고함 등의 거창한 의미를 지니고 있었다. 나에게 만남은 어렵고도 긴 싸움이었고, 질기고도 너무 무거운 의미였다.

이토록 쉽지 않은데 어떻게 지나치듯 만나서 시작할 수 있을까? 오래 보고 뜯어보고 살펴보고 나서야 만날 수 있다고 생각했다. 쉽게 닿은 인연은 가치가 없다고만 생각했다. 누군가를 만난다는 것이 기적 같은 찰나의 우연이 겹쳐 닿게 되는 것임을 생각하지 못했다.

기적 같은 인연들이 비켜 간 시간을 살아가는 지금. 나는 많은 것이 변했고 또 변하지 않았다. 만남에 대해 내가 가지는 의미는 변하지 않았지만, 그 시작과 만들어가는 과정은 너무도 가볍게 변했다.

지금에서야 비로소, 나의 만남은 한없이 짧고, 끝없이 가볍다. 쉽게 들어오지 못하도록 빗장을 걸어 두지도 않고 단단한 약속들로 더 이상 마음을 묶어 두지도 않는다. 그럼에도 이상하게 믿음이 가고 마음이 아늑해지는 것은 왜일까?

이런 새털 같은 만남조차 쉽지 않기에 매 순간이 기꺼운 것이다.
굳이 무겁지 않아도 진중할 수 있기에 그 관계가 즐거운 것이다.

서로 사랑하는 사람을 만나는 게 기적이라고 했다. 나 또한 그렇게 생각한다. 그리고 그 사랑이 같은 마음으로 오랫동안 유지되어 가는 게 얼마나 경이로운 일인지 이제는 당신도, 나도 안다. 그렇기에 시작이 너무 무겁지 않아도, 한없이 가벼워도 두렵지 않다. 이름도 몰랐던 우리가 서로를 알게 되고 서로를 속속들이 파헤치며 만들어 갈 이야기가 더욱 소중하고 기대되기 때문이다.

이 세상에 귀하지 않은 인연은 없다. 다만, 그 소중한 인연을 지속해서 이어갈 수 있는가. 그 과정만이 숙제로 남아 있을 뿐이다.

애처로운 너를 안는다

너는 나를 끊임없이 밀어낸다.

의미를 담아두지 말라 한다.

차가운 듯, 마음이 없는 듯,

혹여 내가 너에게 이름 있는 감정을 가질까 두려워

밀어내고 또 밀어낸다.

몰아내는 너의 손짓이,

그냥 서로가 있기에 온기를 나눈다는

너의 뜨거운 포옹이,

옆에 있다는 존재만으로 포근함을 느끼는

너의 외로움이,

왜 이토록 가여울까.

어설픈 거절이,

의도가 없다는 애달픈 행동이,

끝내는 애타게 기다리고 애처롭게 바라보는 듯하여

내 마음을 먹먹하게 한다.

애초에 온전하게 주지 못하는 건 나인데
차가운 네 손가락 끝조차 녹일 수 없는 건 나인데
가슴을 주고 소중하게 여기는 마음을 모르는 건 나인데

마치 얼음에게 감정을 갖지 말라 부르짖는 모습이
제발 자신을 느껴달라 되뇌는 듯하여
오늘도 애잔한 마음 감추고 너를 안는다.

사랑이 가치관을 이길 때

"저기…. 죄송해요, 모르는 사람이 말 걸어서 불쾌하시죠?"

"아… 무슨 일이세요?"

"아까부터 그쪽 앉아있는 거 봤는데… 너무 제 이상형이시라… 그냥, 괜찮으시면 얘기 좀 나눌 수 있을까요? 이것도 인연인데…."

"아하하…."

"너무 불쾌하지 않으시면… 조금만 얘기 나눠 보면 어때요?"

그와 나의 첫 만남이었다.

우리는 그날 앉은 자리에서 두 시간이 넘게 얘기를 나눴다. 첫 만남에서 말이다. 딱히 이야기 주제를 정해 둔 것도 아닌데, 그렇다고 공통 관심사를 갖고 있는 것도 아닌데, 이야기는 이상하게 끊어지지도 않고 술술 이어졌다.

#대화가 이어져야 시작이 있다

처음은 항상 대화로 시작하게 되어 있다. 서로를 모르기 때문에 알기 위해, 그리고 나와 얼마나 다른 사람인지 이해하기 위해서 말이다. 이 사람과의 만남이 계속될지 말지, 초반 탐색 시간으로 대화를 나눠 보면 알 수 있다.

이야기를 하다 보면 상대방과 다른 견해를 가지고 있다고 느낄 때가 있다. 이때 이런 생각을 서로 이해시키고 받아들인다면 그 대화는 지속되겠지만, 서로가 너무 다르다고 느껴지게 된다면 말문을 닫아 버리게 될 것이다. 그런 의미에서 우리는, 다음 만남을 결정짓는 대화를 통해 서로의 호감을 얻고 충분한 교감을 나누었다.

우리는 유쾌한 만남을 미무리하고 서로의 연락처를 교환한 후 헤어졌다. 참 담백하고 인상 깊은 첫 만남이라고 생각했다. 모르는 사람과 그렇게 오랫동안 얘기할 수 있다니 정말 신선한 경험이 아닌가. 그날을 시작으로 우리는 통화나 메신저를 통해 자주 대화를 나눴고 틈틈이 만남을 가지면서 서로에게 조금씩 익숙해져 갔다. 서로가 조금씩 일상이 되어 갔다.

#사람은 누구나 실수를 한다

상대가 익숙할 정도로 만남이 지속되면서 우리는, 생가보다 서로가 다른 점이 많다는 것을 발견하게 되었다. 그것은 어떨 때는 신비감을 주기도 했고 이해하지 못할 행동에 대해서 이건 무슨 의미지? 생각하게 하기도 했다. 아직은 알 수 없는 그런 행동들이 때로는 상대방에게 두근거림을 주기도 하고, 때로는 실수가 되기도 하는, 그런 상황을 우리는 종종 경험하게 된다. 이건 아마도 사람마다 중요하게 생각하는 부분이 다르다는 점에서 오는 경우가 많을 텐데, 사람은 모두 가지각색이다 보니 생각이 모두 같지 않은 것은 어쩌면 당연한 일인 것이다.

그와 나에게도 이런 부분이 있었는데, 특히 그가 나에게 하는 알 수 없는 행동은 나를 결국 참지 못하게 했다. 그는 자주 장난식으로, 내가 힘들다고 생각하는 부분을 드러내어 장난을 치거나 웃으면서 뒤통수를 톡 하고 때릴 때가 있었다. 물론 이런 건 많이 친해지면 할 수 있는 행동이라고 머리로는 생각하면서도, 나를 존중하지 않아서 하는 행동이라는 생각이 들어 불쾌함이 머릿속을 떠나지 않았다. 그에게 이 부분에 대해서 제대로 언급하고 넘어가야겠다는 생각이 들었다. 우리는 아직 맞춰 나가는 단계니까. 지금 할 수 있는 얘기를 해야겠다고 생각했다.

사람은 누구나 실수를 한다. 바로 오늘 누군가 내게 했던 실망스러운 실수를 바로 다음 날 내가 하는 경우가 생긴다. 그렇다면 사람은 모두 그렇게 실수를 하니깐, 무한정 포용하고 넘어가줘야 하는 걸까? 실수는 서로 잘 모르는 상태에서, 기분이 상했다는 표현을 상대방이 당신에게 하기 전에나 꺼낼 수 있는 단어이다. 상대방이 제대로 얘기한 후에도 이러한 실수가 반복된다면, 얘기는 달라지는 것이다. 상대를 존중할 마음이 없거나, 무신경하다고밖에는 판단할 수 없다. 그런 사람과는 일찌감치 관계를 정리하는 게 낫다. 당신의 정신 건강을 위한다면 말이다.

다행히 그는 실수를 반복하지는 않는 사람이었다. 진심이 그게 아니었음을 충분히 설명하며 다시는 같은 행동을 반복하지 않으리라 다짐했고, 두 번 다시는 그런 행동을 보여주지 않았다. 이건 나 역시도 마찬가지였다.

그에게 실수가 되는 행동은 하지 않기 위해 노력했고, 그러다 보니 머릿속 어딘가 둥둥 떠다니는 상념처럼 우리는 서로를 좀 더 많이 생각하는 연인 관계가 되었다.

#가치관 차이는 극복할 수 있는 걸까?

서로를 생각하는 시간이 커지는 만큼 우리는 서로에게 많은 시간을 할애하게 되었다. 때로는 한번 들러붙으면 떨어질 생각이 없는 껌딱지처럼, 하루 종일 징그럽게 붙어서 모든 걸 함께하는 바퀴벌레 한 쌍처럼 말이다. 시간이 흐를수록 서로에게 더욱 애틋해져만 가던 우리는 아주 우연한 계기로 새로운 위기를 맞게 되었다.

바로 서로 다른 결혼관 때문이었다. 이 부분은 서로가 사귀기로 하기 전에 얘기를 나누었던 부분이지만, 대화의 주제에 대한 무게감이 서로 달랐던 것이 문제였다. 나는 이른바 '비혼주의'다. 항상 누군가와 연인 관계가 되기 전에는 이 부분을 정확하고 진지하게 언급하고 넘어가지 않으면, 안 될 것 같은 강박증이 있었다.

그때 그는 분명히 나의 생각을 이해한다고 했고, 결혼이 급한 것이 아니기 때문에 비혼주의라도 상관없다고 말했다. 지금 생각해 보면 그가 내 결혼관에 대해 조금은 가볍게 느끼고 한 대답이 아니었나 싶다. 사이가 깊어지면서 우리는 동거에 대해서 자주 얘기를 나누게 되었고, 함께 사는 것에 대해 말하다 보니 자연스럽게 결혼이 화두로 떠올랐다.

그가 크게 놀라워하고 당혹스러워하는 게 느껴졌다. 그는 우리 사이가 변화한 만큼 나의 생각도 자연스럽게 달라졌을 거라 생각했다고 한다. 그만큼 결혼에 대한 나의 가치관을 가볍게 생각했다는 얘기다.

"이건 가치관이 다른 문제지, 어떤 상황 때문에 변할 수 있는 게 아냐."

"무슨 얘기인지는 알겠는데, 우린 서로 사랑하잖아. 동거에 대해서는 부정하지 않으면서, 왜 결혼은 안 된다는 거야?"

"동거에 대해서 완전히 긍정하지도 않았어. 그리고 내가 생각했을 때 동거와 결혼은 다르기도 하고. 물론, 당연히 너를 사랑해. 내가 너를 사랑하는 것과, 결혼은 별개의 문제야. 결혼하지 않는다고 해서 너를 사랑하지 않는 게 아냐."

"너는 그럼 적당히 나랑 만나다가 헤어질 생각이었던 거야?"

"무슨 말을 그렇게 해?"

"네 얘기가 그렇잖아, 지금. 우리의 끝이 결혼이 아니라면, 결국 결론은 헤어지는 거 아냐?"

"그건 나를 이해하지 못하는, 네가 내린 결론이겠지. 결혼해서도 이혼은 할 수 있잖아. 결혼하지 않는다고 해서 싹 헤어지는 거야?"

우리는 끝나지 않을 문제로 말꼬리에 꼬리를 물고 늘어졌다. 처음으로 서로가 지지 않을 말다툼을 시작한 것이다.

그가 내 가치관에 대해서 이해하지 못하는 건 이해한다. 나는 사실 이런 문제로 연인과 헤어지는 경우가 많았기 때문이다. 그들은 처음에는 하나같이 모두 이해한다고 했지만 시간이 지나 관계가 깊어짐에도 변하지 않는 내 가치관을, 도무지 받아들이지 못했다. 그들은 오해하고 있지만, 나는 사랑을 결코 가볍게 생각하지 않는다.

다만, 결혼이라는 제도가 싫다. 결혼이라는 제도에 속하지 않고도 서로에 대한 사랑이 영원히 지속될 수 있는, 그런 진정한 사랑이 어딘가에는 있다고 믿는다. 어쩌면 너무 무모한 환상일지도 모른다. 하지만 사랑이 결혼에 국한시켜야지만 증명할 수 있는 거라면, 나는 영원히 내 사랑을 증명할 수 없을 거라는 생각에 슬퍼진다. 그리고 지금 이 순간 이 사람에게도, 내 사랑을 인정받지 못할까 봐 너무나 서러워진다.

#진심은 때론, 통하지 않을 수 있다

나도 그리고 그도 이 문제로 서로를 설득하고 이해시키기 위해 대부분의 시간을 보냈다. 그렇게 하루 이틀이 지나고, 우리는 서서히 지쳐가고 있었다. 나는 당신을 위해 태울 연료가, 아직 마음 한가득 남아 있는데 정작 남아 있는 연료를 주입할 곳이 없어진 기분이었다. 여전히 태워도 태워도 부족한데, 더 이상 연료가 필요한 곳이 없어진 느낌 때문에 마음이 초조해서 불안한 상태가 계속되었다.

그러던 어느 날 그는, 더 이상 이 문제로 계속 얘기하는 건 우리에게 도움이 되지 않는다고 선언했다. 그러면서 나에게 마음을 증명하라고 했다. 네가 나를 진실로 사랑한다는 것을 어떻게 하면 내가 알 수 있냐고 했다. 지금까지 진심을 다해 나를 대했는데 자신을 기만한 것만 같다고 했다. 그의 목소리는 높지도 낮지도 않게 침착하고 부드러웠지만 나는 그의 말이 아주 새파랗게 날 선 칼처럼 느껴졌다.

증명하라는 말은 진실 여부를 따질 때나, 할 수 있는 말이다. 나는 그를 만나는 동안 내내, 거짓 한 톨 없이 내 속 안의 모든 진심을 보여주며 그를 대했고, 온 마음을 다 꺼내어 표현하기 위해서 내가 우스워지는 것은 조금도 두려워하지 않았다.

하지만, 나의 진심이 너에게 모두 통하지는 않았다. 진심은 때론, 통하지 않을 수 있다. 그의 증명하라는 말이 그것을 반증하고 있다. 특히 사랑 앞에 진심은, 애석하게도 왜곡되는 경우가 많다. 나는 또 한 번 진심을 부정당하고 있고, 상처받았다. 그와 더 이상 관계를 이어 나갈 수 있을까?

"네가 말하는 증명은, 결혼 외에는 방법이 없어. 우리는 결국 답이 없는 문제로 계속 싸우게 될 거야. 그만하자. 더 이상 상처받기도 주기도 싫어."

"이게 네 진심이야? 이것 봐, 결국 그만하자는 말을 너는 너무 쉽게 하잖아."

결론이 나지 않는 질문과 언쟁이 계속될 것 같아, 나는 그의 집을 빠르게 나섰다. 뒤에서 그가 나를 부르는 소리가 점점 사라질 때까지, 시끄럽게 울려대는 벨 소리가 더 이상은 들리지 않을 때까지 그렇게 세상이 잠잠해질 때까지 나는, 계속 계속 그렇게 걸었다.

우리는 여기까지인 건가. 내가 하는 사랑의 결론은 늘 이것밖에는 안 되는 건가. 누가 그러던데, 결혼을 안 할 거면 연애를 왜 하냐고. 정말 나는 연애를 하면 안 되는 건가. 사랑의 결론은 결혼 밖에는 없는 걸까. 내가 잘못된 거고 이상한 걸까. 답이 없는 문제를 오랫동안 풀고 있는 것 같았다. 교실에 오로지 나 혼자만 남아서, 풀리지 않는 문제를 끊임없이 풀고 있는 것만 같았다.

며칠째 그의 연락이 계속되고 있지만, 나는 차마 그의 연락을 받을 수가 없었다. 혼자서 아무리 고민해 봐도, 나는 여전히 결론을 내리지 못했기 때문이다. 여전히 가치관이 바뀌지 않는 나는, 정말 그를 사랑하지 않는 걸까?

나는 이제 도무지 모르겠다. 사랑이란 것을.

책상 아래 오래전 편지

오늘 우연히 내 방 책상 아래 쌓여 있는 상자들을 정리하다가 오래되어 색이 바랜 편지를 발견했다. 그건 우리가 함께하는 동안 너에게 받은 처음이자 마지막 편지였다.

그날이 생각난다. 밥을 먹다가 어쩌다 생각난 듯이, 너는 내게 줄 것이 있다고 했다. 가방을 한참 뒤적거리는데, 아마도 내게 주기가 쑥스러운 물건이겠구나 생각이 드는 거다. 한동안 가방 안을 머뭇거리는 네 손짓이, 드디어 결심하듯 분홍색 봉투를 뽑아내는데 새삼 나까지도 기대감에 심장이 콩닥거려, 입을 꾹 다물고 숨죽여 너를 쳐다보았다.

"자, 그냥 생각나서 쓴 거야."

망설인 시간이 무색하게 담담하기 그지없는 말투인데 왜 그 속에 네 수줍음이 읽히는 건지, 나조차 이해가 되지 않았다.

"정말 네가 쓴 거야?"

고맙다는 말보다는 반문하는 듯한 말로, 설레는 가슴을 감췄다. 지금은 보지 말고 나중에 집에서 혼자 보라는 말에 너무 궁금해서 속이 탔지만, 알겠다며 가방 깊숙이 편지를 넣어 뒀다. 그날은 네가 옆에 있는데도, 온종일 가방 안 편지에만 정신이 쏠려 무슨 정신으로 너와 얘기를 나누고 또 웃었는지, 기억이 조금은 흐릿한 그런 날이었다.

네가 바로 옆에 있는데도, 그 편지가 왜 그토록 궁금했었는지는 아직도 설명하기가 어렵다. 그냥 네가 처음으로 편지를 줬고, 그 편지를 쓰는 내내 내 생각을 했을 거고, 내 생각을 하면서 손글씨로 쓰다 지우다 반복했을 너의 시간이, 온전히 나를 위한 시간이었을 거라는 그 생각이 가슴을 가득 채울 뿐이었다.

집에서 읽어 본 편지는, 하루 내내 내가 마음 졸이고 기다렸던 것보다는 훨씬 평범하고 일상적인 내용이었다. 그런데도 이상하게 나는, 가슴이 울렁대고 있었다. 너의 반듯한 필체를 보면서, 너의 담백하고 사사로운 일상을 읽으면서 좋아한다는 직접적인 표현 한마디가 없는데도 편지 속의 모든 글이 나만 생각하고, 나만 바라본다고 말하는 것 같았다. 물론, 나의 착각일 수도 있겠지만 그만큼 너의 생각과 정성이 느껴지는 편지랄까. 그래서 더 감동적이고 더욱 가슴이 뛰놀았다.

뜻밖에 책상 아래 상자에서 발견된 오래전 편지를 보면서 한 순간에 그날의 공기를 다시 느낄 수 있었다. 비록 우리는 서로 마주 볼 수 없는 사이가 되었지만 그날의 흔적을 고이 간직하고 있는 편지가 내게 남아 있고, 그때의 추억을 돌이키는 지금 이 순간이 생각보다 나쁘지 않아 다행이라는 생각이 든다.

우리의 추억이 아프지만은 않아서, 따뜻해서 너무 다행이라고.

처음이자 마지막 술잔

"그때 왜 그랬어요?"

"우리한테 왜 그랬어요? 엄마한테 왜 그랬어요?"

"왜 그렇게밖에 못했어요?"

아버지와 술을 마신 건 이번이 처음이었다. 아니 어쩌면 마지막이기도 하다.

"그래 내가 잘못을 많이 했지. 그때는… 나는… 우리는 가족이니까, 가족이니까 괜찮다고 생각했다. 모두 이해해 줄 거라 생각했지. 지금 와서 보니 너네한테 잘해 준 것도 하나 없고 괴롭게만 한 거 같구나."

내 앞에 비어 있는 잔에 술을 다시 채워 주면서, 아버지는 더듬더듬 쉽지 않은 말들을 토해 냈다.

"잘해 준 거 하나 없는 정도라고 생각하세요? 아버지가 어머니를 대하던 모습 때문에, 우리는 사는 내내 계속 불행했어요."

"마음 졸이며 살았어요. 숨 막혔어요. 지옥 같았어요. 아버지가 끔찍했어요."

"우린 모두 도망가고 싶다는 생각만 했어요. 그래서 지금 아버지가 혼자 있는 거야. 그래서 그렇게 혼자 간 거야. 알아요?"

방금 채웠던 술을 벌컥 들이켜며, 아버지를 향해 좀 더 격양된 소리를 내질렀다. 그래도 분이 풀리지는 않았지만. 지금은 할 수 있는 것을 모두 해야 하는 시간이기에.

"그래 안다…. 내가 입이 열 개라도 할 말이 없다. 너네 엄마랑은 진작에 헤어졌어야 했는데, 차라리 그게 서로한테 덜 고통이었을 텐데, 많이 후회했다. 마지막 가기 전에 병원에서도…. 그래서 전화를 한 거야."

"그 전화도요. 너무 이기적이라고 생각하지 않으세요? 아버지는 그렇게 아파서 병원에 있다고, 지난날 모두 미안했으니깐 용서하라고, 마지막일 수도 있으니까, 한 번은 보러 오면 좋겠다고 말씀하셨죠? 아버지는 마지막이니까 하고 싶은 말 다 하고, 잘 마무리하고 싶었겠죠. 하지만 저희는 왜요. 왜 아버지의 마지막 호소를 일방적으로 모두 감당해야 해요. 생전 연락 없다가 아프다는 이유로 왜! 우리한테 죄책감을 주고 싶었어요?"

아버지는 한참을 멍하게 나를 바라보다 힘없이 쓰게 웃었다. 그러고는 소주병에 얼마 남지 않은 술을 따르고는 한 번에 입안으로 털어 냈다.

그러고는 흐릿하게 사라져 갔다. 사라졌다. 내 눈앞에서. 아니 이 세상에서.

"왜 그랬냐고요. 왜! 마지막까지! 왜 그랬냐고 정말!"

"이야기할 시간 충분히 있었잖아. 왜 마지막에서야 그렇게 급하게… 왜 그렇게 하고 가냐고 마지막까지… 나랑 술 한 잔도 한 적 없었어. 속에 있는 얘기도 아무것도 못 했어."

술집에 홀로 앉아 아버지의 형상을 떠올리며 곱씹고, 그러다 술잔을 기울였다. 눈앞에 없는, 아니 이 세상에 없는 그를 떠올리며, 술잔을 채웠다.

비록 행복한 술자리는 아니지만,

즐거운 술자리가 되지는 못했지만,

처음이자 마지막 술잔을 이렇게나마 기울이며

차마 하지 못했던 말들을 어렵사리 내뱉으며

그렇게 우리는, 나는 술잔을 기울였다.

네게 받은 마지막 배려

1년 만이네. 네게 다시 얘기를 하게 될 줄은 몰랐는데 말이야. 비록 보낼 수는 없겠지만 너에게 전달된다는 생각으로 진심을 다해 얘기를 해 볼 생각이야. 너한테 편지는 사귈 때도 써본 적이 없는데 막상 쓰려니까 무척 쑥스럽고, 또 많은 생각이 나네.

우리가 만나기 전에 다른 만남과 헤어짐이 있었고, 그 시간 후에 서로를 만난 거잖아. 그런데 말이야. 헤어지고 편지를 쓰고 싶다는 생각은, 네가 처음이었던 거 같아. 네가 그리운 걸까? 아니면 그때 네게, 충분히 표현하지 못했던 걸까.

여러 가지 생각을 해 봤는데, 계속 머릿속을 맴도는 건 우리의 마지막이었어. 헤어지는 준비를 하고 이별을 맞았던, 그 한 달의 시간. 우리는 그때 서로의 상황 때문에, 많이 지쳐 있었고 또 힘들어했었지. 그럼에도 네 덕분에, 우리는 충분히 대화할 수 있었고 서로의 짐도 상황도, 자연스럽게 놓아 줄 수 있었어.

그 정신 없는 와중에도, 나는 이런 생각을 했지. 이런 이별도 있구나. 이렇게 서로를 이해하면서 할 수 있는 이별이란 게 있구

나. 그런 특별한 경험은 너와 헤어진 후에 더욱 가슴에 오래 남더라. 가끔은 너의 안부를 묻고 싶을 정도로. 때로는 마지막까지, 너는 왜 이렇게 나를 배려했을까 하는 생각으로.

가끔 너를 떠올릴 때면, 한없이 미안하고 새삼 고맙고, 진심으로 너의 행복을 바라는 마음을 가지게 된다고, 네게 꼭… 전달하고 싶었던 것 같아. 네게 받은 마지막 배려에 나는 충분히 보답하지도, 고마운 마음을 마음껏 표현하지도 못한 것 같아서 지금까지도 이렇게 내 마음들이, 네게 닿지 못했다는 생각에 편지를 쓰고 있나 봐.

너무나 따뜻한 사랑을 주었고
우리가 한 사랑의 마침표가 허무하지 않도록
서로를 이해하고 자연스럽게 받아들일 수 있도록
마지막까지 애써 준 너에게
정말 많이 사랑했고 고마웠다고 말하고 싶어.
이제는 너도 누군가에게 온전한 사랑을 받기를.
고스란히 너만을 배려하는 사람을 만나기를.
간절히 바라며 너를 보낸다. 안녕.

별이 쏟아지다

하늘 위를 바라보면
마음에는 변함없이 무수한 별이 떠 있습니다.
별들을 바라보고 있노라면
웬일인지 별빛 아래의 나는 어두워만 집니다.

그래도 흔들림이 없는 두 눈은
별들을 바라보고 또 바라봅니다.

빛이 바래져 가는 별이 보입니다.
또는 어딘가로 사라져 가는 별이 보입니다.
그럼에도, 여전히
눈부신 별 또한 보입니다.

그런 걸까요.
무수한 별 중 누군가의 별을 그렇게 바라봐 주고

어느 하늘엔가 어느 별로 새겨져 있는 나를
누군가가 바라봐 주는.

저마다의 방식으로 담은 수많은 별이
오늘 밤도 쏟아집니다.

흘러가는 것에 의해 빛을 잃어 가는 별을 보며
가슴이 쓰려 오고,
어딘가로 말없이 사라져 가는 별을 보며
목이 메도록 하루를 꼬박 울고,
어두운 밤하늘 홀로 견뎌 낸 눈부신 별을 보며
경이로움을 표하기도 합니다.

당신 또한 어딘가의
무수히 많은 별을 바라보고 있나요.
다만, 저는 별빛 아래의 당신이
너무 많이 다치지도
너무 무뎌지지도 말았으면 합니다.

누군가에게 새겼을지 모를 당신의 글귀는,
제게도 와 닿아 격려와 위로가 되었듯이.

제 작은 마음 곱게 빻은 가루를

누군가에게 흩뿌리듯 날려,

언젠가 무심코 당신의 가슴에도

위로되어 내려앉는다면,

저도 조금은 흐뭇해질 겁니다.

지금 이 순간에도 하늘 위에는 여전히

무수히 많은 별이

변하고, 지고,

또는, 눈부시게 빛날 테죠.

가까운 사람이기에 줄 수 있다

오랜 연인에게 배신당했다고 한다.

"우린 세상에서 제일 가까운 사이였는데 어떻게 이럴까요. 저에게 상처를 준 게 걔라는 걸 믿을 수가 없어요. 그 사람이 어떻게 제게 그럴 수가 있죠. 말도 안 돼요…."

모순되지만 사랑도, 상처도 결국 가까운 사람이기에 줄 수 있다. 마음을 의지하는 것도, 몸서리쳐지는 배신을 당하는 것도 결국엔 마음이 오고 갔기에 주고받을 수 있는 아이러니한 관계인 것이다. 길 가다 지나치는 사람이 욕을 하든, 구애를 하든, 그냥 미친놈인가보다 하고 마는 것은 서로 오고 간 마음이 없기에. 낯선 사람이기에 감정의 해를 끼치지 못하는 것이다.

나를 해하고 위로하는 것도, 내게 상처 주고 사랑을 주는 것도 결국은 너이기에 가능한 거라고. 나 또한 복기하며 쓴웃음을 짓는 것이다.

이별할 준비

"이별할 준비가 되셨나요?"

이별에도 준비가 필요할까, 생각이 드시나요. 그렇다면 아직은 이별 후 폭풍을 제대로 경험하지 못한 것 같네요. 가장 안 좋은 이별이 뭐라고 생각하세요? 이별은 하나같이 슬프고, 고통스럽지만 특히 끝이 안 좋은 경우가 있거든요.

마지막을 툭 생각 없이 내뱉었던 경험, 있지 않나요? 내가 준비되지 않은 상태에서, 자존심 때문에 내뱉어 버린 마지막을 차마 주워 담지도 못하고 전전긍긍하다 끝나 버린 경우 말이에요. 아주 강하게 끝을 얘기해 놓고, 정작 마음의 정리는 그 이후에 시작되어 버리는 거죠. 더구나 갑작스러운 이별 통보에도 상대가 나를 잡지 않고 끝날 때는 서로에게, 아니 내가 하고 싶었던 이야기도 미처 전달하지 못하고 끝나 버리기 때문에, 그때부터는 이별의 고통을 여과 없이 겪는 거죠. 이렇게 말해 볼걸. 이런 얘기는 해줬어야 했는데. 진짜 그 말이 진심이었을까? 소설이 시작되는 순간 가슴앓이의 여파가 쓰나미 닥치듯 밀려오게 됩니다.

마지막 순간을 미리 예감하고 대비하는 경우는 흔치 않습니다. 뜻이 있어 계획적인 이별을 준비한 경우를 제외하면 말이죠. 비록 순간적으로 자존심이 상하고, 상종 못할 상대라는 생각이 들더라도 자신에게 준비할 수 있는 시간을 주는 게 어떨까요? 이별 이후 속앓이로 허덕이게 될 자신의 미래를 생각한다면 말이죠.

거듭 겪으면서 느끼는 거지만, 감정적인 상태에서 결말을 내는 것만큼 스스로를 위태롭게 하는 건 없더라고요. 좀 더 자신을 생각한다면, 이별 할 수 있는 시간을 버는 것도 지혜라고 생각해요. 마지막을 향해 가는 서로가 씁쓸하지만, 마음의 준비는 할 수 있을 테니까요.

"이제 이별할 준비가 되셨나요?"

더 이상은 서로에게 못다 한 말이 없도록, 충분히 이야기하셨나요? 그렇다면 지금이야말로 안녕을 고할 순간입니다.

"잘 지내." 하고.

빛이 사라지는 시간

나 혼자 세상에 남겨진 기분이 이런 걸까.
주변엔 아무도 없이 적막이 흐르는.
내게 날아오는 질문도 없고
내 말에 돌아오는 대답도 없는.

아무도 없이 나만 살아 있는 기분이 이런 건가.
고요한데 끝도 없이 깜깜하기까지 한.
눈을 감아도 시간이 차곡차곡 흐르고
못 견디게 서러워 눈을 뜨면 또다시 캄캄하기만 한.

어둡고 어두운 시간의 흐름이 반복되는
빛이 사라지는 매일매일의 그 시간이 오면
나는 세상의 끝으로 끝도 없이 밀려가
홀로 길을 찾아 헤매고 헤매며 돌아오기를 되풀이하는 어두운 매일 밤.

마음이 쓸쓸할 때 생기는 일

사람은 참 미련해서, 생각보다 정말 미련해서 마지막의 마지막까지 보고, 또 들어야 '이건 아니지!' 하고 납득을 하는 경우가 있어. 이게 아닌 걸 알면서도, 이런 취급을 받을 필요가 없다는 걸 알면서도 이상하게 시간을 함께 보내고 또 연락을 기다릴 때가 있잖아. 그럴 때 자신의 상태를 샅샅이 보면 말이야, 보통은 외로운 상태인 경우가 대부분이야. 이럴 때는 누군가가 내게 별 의미 없는 호의와 생각 없이 다정한 말만 건네줘도 혼자가 아닌 듯한 착각에 상대를 곁에 두게 되는 경우가 많거든.

마음이 쓸쓸할 때 사람을 쉽게 받아들였던 적이 있어? 만남이 끝난 후에 돌이켜 보면 보이는 것들이 그 순간에는 보이지 않는 경우가 있잖아. 평소에는 견고하게 세워 두었던 자신의 이상형과는 아주 거리가 있는 사람이 분명한데, 이상하게 모든 게 맞아떨어지는 것 같고 그냥 내 옆에 있으면 좋겠다고 착각하게 되는, 기가 막힌 타이밍 말이야. 그럴 때는 진심을 다해서 열렬하게 마음을 주려고 하진 않지만 평소에 하지 않는 행동을 하고 지조 없이 끌려다니게 될 거야. 이건 좀 아닌데? 이건 너무 심한 거 아냐? 홀로 시간을 보낼 때는 불쑥불쑥 화가 치밀고 마음을 제어해야지 싶겠지만 다시 함께하는 순간에는 또 습관처럼 그와 시간을 보내고 있을 가능성이 커.

쓰레기는 쌓아 두면 쌓아 둘수록, 악취가 심해지잖아. 버려야 할 때를 놓치면 냄새가 더 악화되는데도 너무 귀찮아서 버리지도 못하고 집에 끼고 있게 되는 경우가 있잖아. 그럴 때는 얼른 정신을 차리고, 정리하는 게 급선무야. 집안에 쌓아 둬서는 안 되는 물건이잖아 그건.

지금은 너무 외로우니까 잠시만.

별 의미 없으니까 금방.

정리하고 싶을 때 정리가 될 거라 착각하지만 이미 당신을 이용 중인 상대방의 늪에 빠지면 먼저 끝내는 것도, 마음을 접는 것도 쉽지 않을 수 있어. 그러니 지금 아니라는 생각이 들고 있다면, 정리를 시작해. 늦지 않았어.

외로운 당신의 공간에 평소에는 생각지도 못한 상대를 들이고 있는 중이야? 잠시라고 생각했던 날들이 습관이 되어 더 깊은 수렁에 빠져 허우적대기 전에 당신의 마음에 한번 귀 기울여 봐. 나는 지금 얼마나 외로운 건지. 그가 없으면 안 될 정도로 내게 간절한 사람인 건지. 외로움을 이기는 방법이 이것밖에 없는 건지. 쓰레기인 줄 알면서도 버리지도 못하고 그 쓰레기 더미에 삼켜지는 경우가 있잖아. 당신은 부디 그러지 않길 바라. 당신의 손으로 깨끗하게 쓰레기를 정리해서 버릴 수 있길 바라.

쓰레기는 쓰레기통에 버려야 하니까. 당신은 부디 그 사실만 잊지 않으면 돼.

모난 돌이 둥그러질 때까지

먼저 표현하면 외면당할까, 온전히 믿음을 주면 바닥을 보일까.
모난 돌 같은 마음으로 사람을 만나고, 그렇게 대했던 그 시절들.

소중한 마음들을
가늠할 수조차 없는 수많은 관계를
참으로 쉽게, 그리고 매정하게도 끊을 수 있었던 나의 무지함.

돌이켜 보면 한없이 아쉽고 귀중했던 사람들.
보답받지 못한 무한한 애정으로
많이도 쓸고 닦고, 나를 다듬어 주었던 인연들.

보답하지 못한 마음들에 이제 와 답하듯
보배로운 인연들을 되새기며
뜨겁게 보내오던 마음들을 더듬으며
회고하고 회상하는 지금의 나.

그냥 너이기에 가능한 것들

희생이라는 단어가 유일하게 어색하지 않은 사람이 있다면, 그것은 바로 부모님, 그중에서도 나에게는 엄마라는 사람일 것이다.

때때로 나는 내가 태어남을 선택하지 않았다는 이유만으로 쉽게 원망을 쏟아냈다. 그런 때에 나를 세상에 내보내는 결정을 주체적으로 했다는 이유로, 쏟아내는 모든 원망을 정말 고스란히도 받아들여 주는 유일한 사람이 바로 엄마다.

언제 어느 때의 결정이든 옳은 결정만을 내릴 수는 없다는 걸 충분히 알고 있는 나이면서도, 항상 원망의 끝은 자연스럽게 엄마에게 향할 때가 있었다. 어쩌면 어리석고, 말도 안 되는 불평에도 자신이 내게 큰 잘못을 한 듯, 나쁜 일을 막아 주지 못함에 한없이 안타까운 듯, 그렇게 묵묵히 불평을 들어주는 신문고처럼 내 옆을 말없이 지켜 주었다.

어떻게 하나도 따지지 않고 맹목적으로 그렇게 헌신할 수 있었냐고, 시간이 한참 지나 불평을 쏟아 낸 내 입이 부끄러워질 정도로 머리가 컸을 무렵에야 나는 그녀에게 염치없이 물을 수 있었다. 그녀는 너무나 당연하다는 듯이, 너는 내 딸이고 나는 네 엄마이기 때문이라고 했다. 그 이유 말고 무엇이 더 필요하냐고. 이유가 있어서 할 수 있는 게 아니라 마음이 저절로 그렇게 되기 때문이라고 했다. 그렇기에 그건 희생이 될 수 없다고. 네가 그냥 너이기에 나는 그렇게 하는 것이라고 덧붙였다.

희생이 아니라는 엄마의 말에 나는 이루 말할 수 없는 격렬한 감정을 느꼈다. 특별한 뜻이나 목적이 없기에 가능하다는 말이 한 번 더 머릿속을 파고들었다. 내가 생각하는 '희생'이라는 건 내가 감히 살아생전 해 볼 수나 있을까 싶은, '어떤 이에게라도 한 번은 꼭 해 봐야지.'라는 생각조차 할 수 있을까 싶은, 어렵고도 범접할 수 없는 의미를 가지고 있었다.

하지만 특별한 뜻이 없어도 그냥 너이기에 가능하다는 그녀의 말이 내게 너무나 눈물겹게 느껴지면서도 세상 누구보다 나는 사랑받고 있다는 포만감을 느끼게 해 주었고, 얼마간은 허기를 채우지 않아도 버틸 수 있을 만큼의 감동을 주었다.

내게 건넨 메시지

나는 너에게 뭘까?

가끔 너는, 내게서 너를 비추어 본다. 거울을 보듯이, 책을 보듯이, 그리고 너를 확인하듯이. 하루 종일 하염없이 바라보다가, 한숨을 쉬다가 그러다 통 안 되겠는지, 나를 멀찍이 떨어뜨려 놓는다. 그리고 1분도 안 되어서 다시 나를 네 옆에 묶어 두고 바라보기를 반복한다.

나는 네가 일할 때도 이따금씩, 나를 바라보는 것을 알았고 네가 정말 좋아하는 밥을 먹고 있는 시간조차도 내게서 눈을 떼지 못하는 걸 알고 있었다. 너는 아무것도 하지 않는 시간에는, 더욱 나를 애착하여 한시도 떨어지지 못했고 나와 교감하지 못하는, 가령 샤워를 해야 하는 순간조차도 나를 근처에 두고, 신경 쓰고 있다는 걸 알고 있었다.

왜 이토록 내게, 정신을 묶어 둔 채 어쩌지를 못하고 하루 종일 매달리고 매여 있는 건지 나는 잘 알고 있지만, 내가 네게 해 줄 수 있는 건 아무것도 없음에 허망하기 그지없다.

너는 나를 앞으로도 끝도 없이 기다리게 될 거고, 내가 들려주는 소리가 너를 향하기를 간절히 바라게 될 거야. 내게서 어떤 목소리를 기대하고 있다는 걸 알지만 아마도 네가 바라는 목소리를, 나는 들려줄 수 없다는 걸 너도 알 거야.

오늘도 너는, 내게서 너를 애처롭게 비추어 보지만 내가 네게 들려줄 수 있는 말은 오직 하나뿐.

'새로운 메시지가 없습니다.'

끝을 준비하는 사랑

미리 대비할 수 있는 마지막이 있을까요? 어떤 것이 되었든 미리 대비할 수만 있다면 지금보다는 조금 덜 아프게 마지막을 견뎌 볼 수 있을 텐데 말이죠. 왜 사랑은 혼자 할 수 없을까요? 처음부터 혼자였다면 지금보다 조금만 괴로울 텐데. 사랑은 분명 둘이 같이 시작했는데 왜 지금은, 나는 혼자인 거죠?

시작은 눈빛과 떨림으로, 그리고 호기심을 넘어 간절함을 호소하며 마음을 두드리죠. 똑똑, 문 좀 열어 주세요. 간곡한 부름에 당신 또는 상대방이 응답한다면 우리는 서로의 다짐 하에 사랑을 시작하게 되죠. 이렇듯 사랑의 시작은 혼자일 수가 없는데, 2인 1조 달리기처럼 함께여야만, 출발도 속력을 내는 것도, 결승점에 골인하는 것도 이 모든 것들이 서로여야만 가능하다고 생각했는데. 왜 끝은 항상 갑작스럽게 오는 걸까요? 사랑은 함께 하는 거라고 배웠는데, 이상하네요. 현실의 사랑은 내가 알던 사랑과는 조금 다른 색채를 지닌 거 같아요.

왜 마지막은 혼자서도 가능한 걸까요? 마지막은 같은 마음일 수 없기 때문일까요? 끝은 식어 버린 눈빛과 편안함을 넘은 지루함, 지겨움을 넘어 슬프게도 권태로움 마저 보이며 마음을 닫아 버리죠. 제발 문 좀 열어 주세요. 시작과 같은 부름에도 당신 또는 상대방이 반응하지 않는다면 우리 중 누군가는 일방적인 이별을 시작하게 되죠. 이렇듯 사랑의 끝은 혼자일 수가 있어서 절벽 위에 갑작스럽게 등 떠밀리듯 밀려나는 자신에 너무나 놀랍고, 당혹스럽죠. 마음을 추스르기도 힘든데 시간이 지날수록 감당이 안 되는 질문들이 샘솟고, 함께한 장면이 수천, 수만 번은 되풀이 되는 지옥을 맛보게 되죠.

마지막을 준비할 수 있다면 얼마나 좋을까요? 마지막은 서로가 같을 수 없기에, 언제나 갑작스러울 수밖에 없어요. 하지만 그렇다고 마지막을 대비한 사랑을 시작한다면, 당신은 끝이 아니라 시작부터 마음이 온전치 못한 지옥을 맛보게 될 거예요.

단맛이 있으면 쓴맛도 있어야 단맛의 달콤함을 알게 되죠. 웃음이 있으면 눈물도 있어야, 웃을 때 행복함을 알게 되죠. 결국 서로에게 눈멀고 충실했던 사랑이 있었기에 서로를 밀어내고 미워하는 이별의 아픔이 클 수밖에 없다는 당연한 진리를 우리는 또 한 번, 뼛속 깊이 깨닫게 되죠. 그렇기에 마지막은 절대 예측할 수도 없고, 미리 준비해서도 안 되는 거예요. 한 사람에게 너무나 큰 절망과 아픔을 주지만 그래도 고스란히, 그리고 묵묵히 받아들여야만 하거든요. 그것은 다시 다가올 달콤한 사랑을 위한, 예방 접종이 되어 준다는 걸 우리는 너무나 잘 알고 있기 때문에요.

사랑을 시작하는 모든 연인에게, 어리석게 마지막을 준비하는 사랑을 하지 마세요. 사랑의 처음과 끝이 모두 지옥이 될지, 충만한 사랑의 시작으로 행복한 천국이 될지는 오직 당신의 선택에 달려있잖아요.

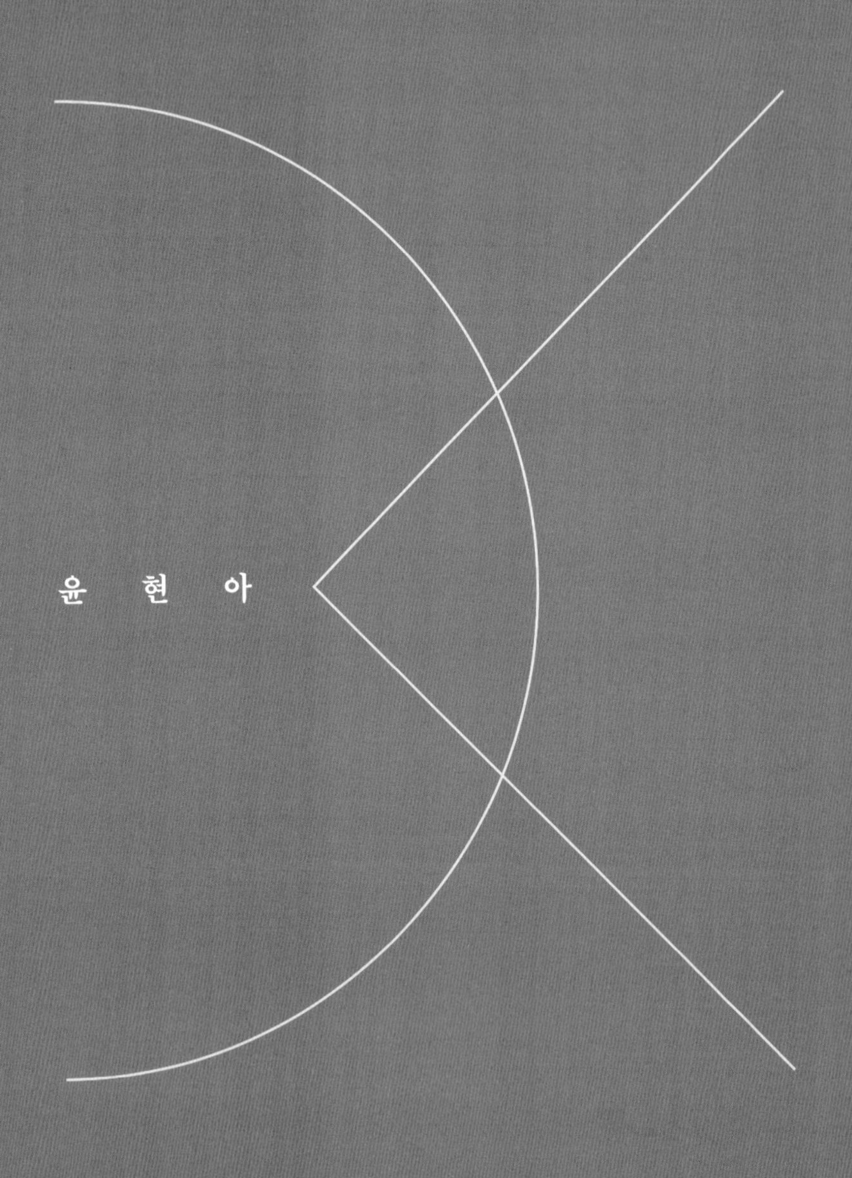
윤 현 아

작가 소개

따뜻한 기획을 하는 사람이다.

브랜드가 아닌 소비자의 시선에서 바라보는 사람이다.

사람들이 쉽게 지나치는 부분도 섬세하게 풀어낸다.

브랜드의 이야기를 담다가,

문득 나의 이야기를 시작하게 된 나는 콘텐츠 마케터다.

스물아홉 살 마지막 날 밤

스물아홉 살, 마지막 날 밤

나는 왜 그토록 두려웠을까

이 밤이 끝나면

나의 이십 대도 허무하게 끝나는 거 같아서였을까

겪어 보지 않은 삼십 대가 이유 없이 막막해서였을까

누군가는 설렜을 그날이,

나에게는 꽤 울적한 날이었다

하지만 서른 살

나는 지금 내 나이가 좋다

성숙하지는 않지만 철없지 않은 나이

나름 자기 앞가림도 할 줄 아는 나이

서른은 생각보다 더 괜찮은 나이다

남들 눈치 보지 않고,

내가 하고 싶은 걸 하며 살아도

아무런 문제가 되지 않는다는 걸

이십 대의 나는 왜 몰랐을까

지금 카페에 앉아

글을 쓰고 있는 이 순간조차도

작년의 나에겐 생각조차 할 수 없었겠지

더 아름답게 활짝 필

나의 삼십 대가 기다려진다

아쉬운 관계

어른이 되면서 딱 하나 아쉬운 건
사람과의 관계에 대해 무심해진다는 것이다

어릴 때는 왜 그렇게
친구들과 치고받고 싸웠는지,
그러곤 다음 날 서로 부둥켜안고
왜 그렇게 서럽게 울었는지,
때론 지독하게 감정에 솔직했던
그때 내 모습이 그립다

지금은 좋았던 관계가 틀어져도
잠깐의 서운함만 있을 뿐,
그 감정도 금세 사라져 버린다

그래서 나이가 들수록
서로에게 아쉬운 관계가 필요한가 보다

그 빈자리가 느껴지는 사람이,

그런 사람이 지금 내게 필요한 사람이니까

그녀가 독립적인 이유

독립적인 건 때론
사람들에게 안 좋게 기억되었다

내가 살아남기 위한
어쩔 수 없는 방식이었다는 걸
주변 사람 누구도 이해하지 못했다

나는 부유하지도 않았고 그 잘난 빽도 없었다

나의 출발선은
사람들이 시야에 보이지 않을 정도로 떨어져 있었고
남들에게 뒤처지지 않기 위해 이를 악물고 뛰었다

주변에 예쁜 풍경도
서로 사이좋게 대화하며 뛰는 사람도
그 어떤 것도 보이지 않았다

심장이 미칠 듯이 뛰어
숨조차 제대로 안 쉬어질 정도로 뛰고 나서야
나는 그들을 앞지를 수 있었다

내가 독립적인 건, 나의 잘못이 아니다

단지 출발 시점이 달랐을 뿐이다
나는 내가 할 수 있는 최선을 다한 것이다

"그녀의 독립적인 말과 행동은 무엇도 선택할 수 없어서 억지로 배우게 된, 어쩔 수 없는 습관이라는 걸 말이다. 기댈 사람이 없어서, 자신이 직접 하는 것이 가장 빨라서, 다른 사람에게 폐를 끼치고 싶지 않아서 결국 독립적인 사람이 된 것이다. 만약 하는 일마다 도움을 청할 수 있었다면, 누가 그렇게 혼자 버둥거리며 애쓰겠는가."

- 아이리, 〈서른이면 어른이 될 줄 알았다〉 中

사랑의 조건

어릴 때 풋풋한 사랑이

오래도록 기억에 남는 건

순수하게 '그 아이만'을

좋아했기 때문이다

그 아이의 집안이 어떤지,

재력은 어느 정도인지,

친척 중에 유명인이 있는지는

하나도 중요하지 않았다

하지만 어른이 될수록

사랑에 조건이 붙는다

그의 직업이 무엇인지,

연봉이 얼마인지,

인맥은 어떤지 하나둘 따지게 된다

"사랑해서 결혼했어."보다

"조건이 맞아서 결혼했어."가

어쩌면 더 현실적이지 않을까

사회 계층이 달라도,

사랑으로만 해피 엔딩이라는 건

로맨스 드라마 속 이야기일 뿐

그래서 어른이 될수록

드라마에 푹 빠지나 보다

내 나름의 사회생활 철칙 하나

여러 회사를 거치면서
나 나름대로 세운 철칙 하나가 있다
'사적인 얘기를 하지 않는 것'

업무적인 얘기 외에
구태여 다른 사람의 사생활에 대해
물어보지도 않고, 알려 하지도 않는다

사적인 얘기를 하는 사람들은
대부분 가십을 퍼 나르기 좋아하는 경우가 많다
반드시 경계해야 한다

신입 때는 나도 모르게
회사 사람들에게 자기 얘기를 털어놓는다
아직 사회생활에 덜 길들여진 탓일 것이다
그 행위가 언젠가 화살이 되어 돌아올지도 모른다

반드시 조심해야 한다

나 자신을 보호할 줄 알아야 한다

그리고 그 무리에 얽매이지 않을 힘을 길러라

퇴사를 앞두고 있다

퇴사를 앞두고 있다

퇴사를 여러 차례 해 봐도
어려운 건 매한가지다

회사를 벗어나기까지
무리 안에서 혼자인 기분을 사람들은 알까

연애도 만나다가 안 맞으면 결국 헤어지는 것이고
회사도 다니다가 안 맞으면 떠나는 것이다

불경기에 퇴사를 하기까지
그 누구보다 수천 번 수만 번 고민하지 않았겠는가
그런데 그냥 무작정 버티라고 하는 건
나의 상황을 조금도 이해하지 못하는 것이다

헤어진 이유가 있듯이
그곳을 떠나야 할 분명한 이유가 있다

아쉬워할 필요 없다

난 나의 시간을 억지스럽게 쓰고 싶지 않았고

그곳이 맞는 사람은 남으면 그만이니까

떠날 땐 쿨하게 뒤돌아보지 말자

잘 쉬어야 한다

풋풋한 대학생 땐 체력만 믿고
잠도 안 자 가며 이것저것 하다가
꼭 한 번씩 병이 났다

회사를 다닐 때도 마찬가지다
밤늦게 퇴근해도, 새벽 시간을 24시간처럼 쓰다가
일주일씩 몸살에 걸리곤 했다

자동차도 기름이 떨어지면 채워야 하는데,
나는 뭘 믿고 그렇게 달렸는지 모른다

잘 쉬어야 한다

잘 쉰다는 건
남들 다 먹는 음식점에 가는 것도
남들 다 가는 여행지에 가는 것도 아니다

집 앞에 예쁜 꽃이 핀 산책길을 걷는 것도

좋은 사람과 동네 카페에서 수다를 떠는 것도 '쉼'이다

쉼은 보여지는 게 아니라

내 내면을 채우는 것이다

위로가 필요한 순간

'남들은 뭐가 그렇게 잘났는지,
내 생활은 왜 항상 제자리인 건지'.
자존감이 바닥까지 곤두박질쳐
다시 회복할 기미를 보이지 않을 때가 있다

그럴 땐 그냥 주저앉아 실컷 울어 버리자

그리곤 툭툭 털고 일어나자
내게도 울 시간이 필요했다고
괜찮다고 나에게 얘기해 주자

부러워도 부럽지 않은 척
힘들어도 애써 괜찮은 척
그러기엔 난 너무 지쳤으니까
그러기엔 난 위로가 필요했으니까

오늘 그렇게 울고 나면

다음 날 퉁퉁 부은 눈을 보고

나도 모르게 피식 웃을 것이다

'아, 나 정말 힘들었나 보다.' 하고 말이다

밤의 낭만

비가 장대 같이 쏟아지는 여름밤
가만히 책상에 앉아 창밖을 바라본다

아무 생각 없이 빗소리를 듣고 있노라면
종일 어지러웠던 머릿속이 차분해진다

투둑투둑
빗방울이 떨어지는 소리는
제 나름의 박자감이 있다

밤의 빗소리는
어떤 음악보다도
운치 있는 밤을 만들어 준다

텅 빈 오페라 하우스에
혼자 앉아 있는 관객처럼

편안하게 눈을 감고

빗소리가 만드는 음악을 듣는다

아무 노력도

아무런 대가도 없이 즐기는 이 밤은

꽤 낭만적이다

가끔 그런 날이 있다

지하철을 거꾸로 탄 적이 있다

그날은 모든 게 엉망이었다
갑작스러운 비에
애써 만진 머리는 헝클어졌고
온몸은 축축했다

약속 장소에 늦을 것 같다는
문자를 보내고
허겁지겁 반대쪽 지하철로 달려갔다

나는 눈앞에서 지하철을 놓쳤고
멍하니 앉아 다음 지하철을 기다렸다

가끔 그런 날이 있다

모든 게 엉망진창 같은 날

내가 어떤 얘기를 나눴는지

어느 카페에 갔는지보다

젖어버린 옷에 더 신경 쓰이는 날

집에 돌아와 뜨거운 물에 몸을 담그고

습기 찬 욕실 천장을 쳐다본다

왜 오늘 난 신경이 날카로웠을까

꼬여 버린 하루보다

지친 마음이 더 힘든 날이다

조금 오래전에

조금 오래전, 나는 독일에 간다는 설렘에
몇 날 밤을 잠을 못 이루었고
그곳에서 잡힌 오랜 지인과의 약속을 기다렸다

조금 오래 전, 나는 주말마다 친구들과
새로 나온 영화를 보러 갔고
예쁜 카페를 찾아 늦게까지 수다를 떨었다

단조로운 일상 속에서도,
파티 같은 하루들이 나를 따분하지 않게 만들어 주었다

아주 조금 오래전의 일이었다

이제는 아무렇지 않았던 우리의 일상에 변화가 찾아왔다

우리는 서로 조심해야 했고 서로 경계해야 했다
예민해진 게 아니라 예민해질 수밖에 없었다

일상 속 빼앗긴 많은 것이 갑갑함으로 돌아왔다
언제 끝날지 모르는 긴긴 싸움에 너도나도 두 손을 들었다

지금 이 순간이 조금 오래전의 일이 되었으면 좋겠다

지금을 회상하면서
'맞아, 그때 정말 힘들었지.'
얘기할 수 있는 그 시간이 왔으면 좋겠다

제주도 밤바다

어두운 제주도 밤바다

일렁이는 파도 소리

등대밖에 보이지 않는

적막한 밤바다 속 고요한 침묵

엄마와 단둘이

그 밤길을 걸었다

서울에서는 느낄 수 없었던

차가운 파도 바람이 기분 좋았다

길을 헤매 버스 정류장에서

숙소까지 깜깜한 밤길을 걸었던 그날

그 길었던 밤이

가끔 떠오를 때가 있다

도시 속 불빛에 여유를 잊고 지낼 때면,

기억 속에서는 그날을 더듬어 찾아간다

연극의 막이 올랐을 때

짜깍짜깍
사람들이 숨을 죽이고
시계만을 바라봤다

0시 0분 0초
자정이 되자 종소리가 울렸다

연회장에 있던 사람들이
일제히 마스크를 벗어 던지곤
서로에게 입을 맞췄다

가까이 있었지만,
더 가깝게 서로를 꽉 끌어안았다

누군가는 환호를 질렀고
누군가는 소리를 내어 울었다

그 어느 때보다도

힘들었던 연극의 막이 내렸을 때

사람들은 북받쳐 오르는 감정을

억누를 수 없었다

지금 이 모든 게

그렇게 연극처럼

끝났으면 좋겠다

오래된 낡은 옷

옷장 한편에 묵혀 놓은 퀴퀴한 냄새가 나는

오래된 낡은 옷처럼, 오래된 기억

오늘 문득 그리운 그의 뒷모습이 생각이 났다

사회생활을 시작하고

내가 번 돈이 손에 쥐어지자,

그의 마음을 조금은 알 것만 같았다

세상에서 더러운 꼴 다 봐도

내 자식에게만큼은 좋은 거 해 주고픈

아버지의 마음을

가장이라는 이유만으로

지내야 했던 고독한 시간들을

잊고 있던 옷장 속 옷가지처럼

잊고 있던 아버지의 흔적이

내 마음속에 남아 있다

익숙함이 좋은 이유

비 오는 날 카페를 찾아
한참을 돌아다니다가
익숙한 단골 가게로 들어왔다

평소처럼 차가운 아메리카노를 시키고
내가 좋아하는 소파에 앉아
가방에서 책 한 권을 꺼내 읽는다

잔잔한 음악 소리에 마음은 차분해진다
다른 곳을 가려다가도 다시 발걸음은 이곳을 향한다

나에게 네가 그렇다

신경 써 다린 셔츠를 입고
나를 향해 웃고 있는 너의 익숙함이 난 좋다

아마 내일도 우리는 투닥거리겠지

하지만 난 다시 너를 찾을 것이다

너라는 사람은 그 무엇으로도 대체할 수 없으니까

당연한 거 아니야

"당연한 거 아니야."

이 말만큼

서로를 이해할 수 없는 말이

또 있을까

나에게 당연한 것이

너에게는 당연하지 않을 수 있고,

너에게 당연한 것이

나에게는 이해할 수 없는 것이었다

우리는 서로 다른 삶을 살아왔고

서로를 이해하기엔

너무 오랜 시간을 떨어져 지냈다

너와의 관계는 소중했고

난 그 관계를 지키고 싶었다

하지만 우리 사이에 조금씩 벌어진 틈은

다시 예전처럼 지낼 수 없을 정도로 멀어졌다

너와 내가 헤어지는 건

당연한 일일지도 몰라

그의 빈 자리

나 홀로 있는 텅 빈 전시장엔
제각기 크기가 다른
그림이 걸려 있었다

어떤 그림은 걸린 지
너무 오래되어서 먼지가 쌓였고
새하얗던 벽은 오래되어 색이 바랬다

내 걸음 소리만이
전시장에 울려 퍼졌고
나는 한참 그림을 보다가
한 곳에 멈춰 섰다

그곳에는 오래된 그림이 빠진
빛바랜 흔적만 남아 있을 뿐
아무것도 없었다

나는 한참을 그 그림 앞에서

가만히 서 있었다

검정 구두엔 눈물이 떨어졌다

빈자리에 대한 그리움이 사무쳐

이내 주저앉아 울고 말았다

그가 지나간 빈 자리는

그 어떤 새로운 그림으로도 채워지지 않았다

이별의 공식

'내가 널 위해 어떻게 했는데,
네가 나한테 이럴 수 있어.'

헤어질 때 사람들은
내가 아닌 '그 사람'을 탓한다
그를 위해 보냈던 시간들에 대해
화를 내고, 눈물을 흘리고, 억울해한다

하지만 그 시간들은
오직 '그'만을 위한 것이었을까

그 시간들 속엔
사랑받고 싶어 한 내가 있었고
그를 사랑했던 내가 있었다

그와 사랑했던 시간조차 나를 위한 것이었다

나를 사랑했던, 내가 사랑했던

누군가를 탓하는 건

이기적인 나를 위한 그럴듯한 핑계일 뿐,

모든 상황은 내가 만들어 낸 결과일 뿐이다

멀쩡히 서 있지만 흔들리고 있습니다

1판 1쇄 인쇄 2021년 12월 02일
1판 1쇄 발행 2021년 12월 09일

지 은 이 권범석 · 그믐 · 김민주 · 김승우 · 김지혜 · 윤현아

발 행 인 정영욱
기획편집 유지수
디 자 인 이유진
편집총괄 정영주
제작지원 어효경 fast campus

펴낸곳 (주)부크럼
전 화 070-5138-9971~3 (도서기획제작팀)
홈페이지 www.bookrum.co.kr
이메일 editor@bookrum.co.kr
인스타그램 @bookrum.official
블로그 blog.naver.com/s2mfairy
포스트 post.naver.com/s2mfairy

ISBN 979-11-6214-379-7 (03800)